In den Schuhen einer Hure...

„Bevor du urteilst über mich oder mein Leben, ziehe meine Schuhe an und laufe

den weg den ich gehen musste....“

Herstellung und Verlag: BoD-Books on Demand, Norderstedt
ISBN: 978-3-7357-3791-5

Hiermit möchte Ich, meinen Kindern,

Jessica, Carrie und Samantha ganz herzlich danken!

Ihr habt auch in meinen Schwierigsten Zeiten immer zu mir gehalten und Mir die Kraft gegeben um weiter zu machen!

Ohne euch und den glauben an mich, hätte ich dieses Buch niemals fertig geschrieben!

Ich liebe euch,

Mama

Auch ein großer Dank an Reinhard K.

Du warst meine Inspiration!

Vorwort

Diese tragische Geschichte basiert auf einer teilweisen wahren Begebenheit.
Namen und Orte sind zum Schutz der Frauen geändert worden.

Als Ich für diese „Geschichte" Recherchierte, war mir noch nicht bewusst, wie viel Leid und Schmerz ein Mensch Erträgt bevor er aufgeben muss.

Leider muss Ich gestehen, auch Ich hatte Vorurteile gegen über Frauen wie „*Angel*".

Während meines Aufenthaltes und dem näheren kennen lernen von *Angel*, muss ich zugeben, liefen mir unzählige Male Tränen der Rührung über die Wangen.

Ich möchte sie mitnehmen auf eine Reise in eine andere Welt.
Einer Welt in dem Hoffnung, Liebe und Geborgenheit nichts bedeuten.
Eine Welt erfüllt von Trauer, Schmerz und wo Hoffnungslosigkeit regiert.
Drogen und Alkohol bestimmen den Tagesablauf....

Kapitel 1

Der Anruf

Hallo, mein Name ist Melinda van Düd. Ich bin 32 Jahre alt und stamme aus einem kleinen Dorf in den Niederlanden. Vor 25 Jahren verschlug es jedoch meine Eltern nach Friedberg in Hessen wo mein Vater damals als Fernfahrer einen neuen Job fand. Ich ging hier zur Schule, machte mein Abi und studierte in Gießen.
Um mein Studien Geld etwas auf zu polstern, fing ich als Freiberufliche Journalistin bei einer sehr bekannten Tageszeitung in Frankfurt am Main an. Es war nichts großes, meistens ging es um Backstage Reportagen, „Who is Who" im Cocoon oder das „Mega Event" an der Alten Oper. Naja, mir reichte es und es half meine Gebühren zu begleichen und eine kleine Wohnung zu Finanzieren. Später würden die Aufträge immer größer und ich reiste viel rum.

Ich liebte das schreiben und so fing Ich nach einigen Jahren an, mein Hobby zu meinem Beruf zu machen und wurde
Journalistin für einen bekannten Verlag aus der Region.

Als ich durch Zufall in einem Internet Forum einen mir mittlerweile sehr lieb gewonnenen Mann kennen lernte, der Kurz-Geschichten, Gedichte und Romane verfasste, nahm ich meinen ganzen Mut zusammen und fing nebenher noch selbst an unzählige kleinere Kurz Geschichten und Romane zu verfassen oder schrieb teilweise Biografien. Vorerst jedoch nur als „Ghostwriter". Dies hieß, das Ich zwar die Berichte, Geschichten und Biografien schrieb jedoch nicht unter meinem Namen veröffentlicht wurden. Aber immerhin hatte ich genug Aufträge und es machte mir sehr großen Spaß.

Es war Samstagmorgen, an einem späten Sommer Tag im August,
kurz vor sechs Uhr dreißig, als mein Handy Sturm klingelte. Gerade jetzt als ich
wieder von dem Unbekannten süßen Typen Träumte der mir leider immer noch nicht
im richtigen Leben, über den Weg gelaufen war.
Groß, Dunkel haarig, Breite Schultern, Lippen so sanft das man sie einfach nur noch
Zärtlich küssen möchte. Augen die so tiefgründig und traurig mich ansahen...
Faithfull von Journey riss mich dann doch irgendwann richtig aus meinem Schlaf. Ich
rollte mich zur Seite und griff nach meinem Handy. Oh Man, mein „Chef" na toll. Ein
blick auf meinen Reise Wecker und am liebsten hätte ich das Handy an die Wand
geworfen. Aber, Ich liebte mein Handy. Ärgerte mich allerdings dass ich es nicht
ausgeschaltet hatte bevor ich Gestern Abend zu Bett ging. Wurde ja wieder mal
etwas länger geplaudert als Ich mich mit einigen Bekannten, die ich seit geraumer
Zeit schon nicht mehr gesehen hatte, im „Nash" einer super gemütlichen kleiner
Kneipe in Berlin, traf.

„Melinda, du sorry das Ich so früh anrufe aber, pack bitte deinen Koffer und komme
zurück nach Frankfurt.
Du übernimmst Lenzis Interview. Er kann nicht und es ist sehr wichtig
da nur Heute das Interview stattfinden kann."
Hermann Huber, mein Chef bat mich wieder einmal für Peter Lenz ein zu springen
der „Urplötzlich" Krank wurde. Manchmal hatte ich das Gefühl, das Lenzi, so nannten
wir ihn da er nicht das war, was man einen „Mann" nannte, Er war nur 1,65 cm groß,
hatte kaum noch Haare auf dem Kopf und seine besten Zeiten hatte er schon hinter
sich. Mit 64 Jahren war es auch langsam an der Zeit auf zu hören aber, mein Chef
hatte ein großes Herz und gab ihm hin und wieder kleinere Aufträge um ihm das
Gefühl zu geben noch gebraucht zu werden.

„Was? Wieso soll ich schon wieder zurückkommen? Ich dachte du gibst mir dieses
Wochenende Frei."
Jetzt war ich wach. Hat der Type nerven! Erst gibt er mir das erst Wochenende seit
vier Wochen Frei und lässt mich Seelen ruhig die ganze Strecke bis nach Berlin düsen
dann fällt ihm ein mich morgens um diese unzumutbare Uhr Zeit aus dem Bett zu
klingeln und besitzt die Frechheit mir mein Wochenende zu versauen.
„Meli, bitte. Es ist sehr wichtig! Und Ich möchte niemand anderes daran setzen. Du
wirst es verstehen wenn du angekommen bist. Fahre bitte so früh wie möglich los.
Wir bleiben Telefonisch in Kontakt und treffen uns später im Büro. Und Meli, das gibt
einen Extra Bonus für dich."
Na ja, gut, Ich konnte schon die Kleine Finanzspritze gebrauchen da mein langsam in
die Jahre gekommener 3-er BMW bald den Geist aufzugeben schien und Ich mir ein
anderes Auto kaufen musste.
Also ließ ich mich wieder einmal vom „Chef" breitschlagen und stimmte zu.
„Aber du weißt schon das es das letzte Mal war das ich für dich mein Wochenende
Opfere. Du schuldest mir mehr als nur ein Wochenende. Dieses Mal lass Ich dich
nicht unter einer Woche Urlaub ohne jeglichen Kontakt da raus!"

Hermann Huber und ich waren, durch die mittlerweile 7 Jahre die Ich für ihn nun schon Arbeitete, so etwas wie „Freunde". Ansonsten hätte ich mir solche Sprüche nicht erlauben können. Jeder andere „Chef" hätte mich längst vor die Türe gesetzt. Ich hörte wie Hermann Huber tief Luft holte und dachte schon, gleich bekomme ich einen Mega anschiss weil ich heute den Bogen etwas sehr überspannte doch...
„Ok Meli, ist ein Deal. Du bekommst nach diesem Auftrag eine Woche Frei. Mit dem Bonus kannst du wirklich mal richtigen Urlaub machen. Nur, lass mich nicht hängen. Ein Verlag wartet bereits auf diese Geschichte. Lenz hätte sie vor 2 Wochen fertig stellen sollen. Hätte Ich das früher gewusst hätte Ich dir gleich den Auftrag gegeben. Du kannst aber seine Aufzeichnungen die Er schon gemacht hat, benutzen"

Mhm, jetzt wurde es Spannend so etwas sagte er eigentlich nur wenn es mal was richtig Aufregendes zu Schreiben gab. Meine Neugierde war geweckt. Gerade wollte ich noch Fragen worum es bei diesem Job ging als ich hörte wie Hermann Huber den Hörer auflegte. Nicht mal Tschüss konnte er sagen.

Ich quälte mich langsam aus der stark gestärkten Bettdecke, was selten in einem drei Sterne Hotel war.
Suchend schweiften meine Augen durch den Raum nach meinen Hausschuhen, die ich letzte Nacht achtlos irgendwo hin kickte und stand auf. Barfuß ging ich über den Dunkel Grünen Teppich und fragte mich, wie viele hundert von Füssen diesen schon berührt hatten. Igitt. Ich tapste auf Zehenspitzen weiter.
An meinem Koffer, den ich nur notgedrungen entleert hatte, fand ich einen der beiden. Mist, wo zum Teufel war der andere? Ich überlegte kurz bückte mich etwas nach vorne um unters Bett zu schauen und stellte fest, dort lag er.

Wenn mich jetzt einer hätte sehen können. Ich musste selbst über mich lachen. In Shorts und T-Shirt, Teil meiner Haare standen zu berge, lag ich auf dem Bauch unterm Bett atmete Staub fusseln ein und versuchte meinen Hausschuh zu ergattern. Na endlich. Ich robbte zurück mit dem kläglichen versuch nicht noch mehr staub ein zu atmen, was natürlich nicht funktionierte und stand Hustend und fluchend auf. Beim aus checken heute werde ich mal dem Portier meine Meinung über Sauberkeit sagen müssen.

Was ein Wochenende! Toll, all meine Pläne waren hinüber. Aber, der Gedanke an den Bonus lies meine Laune dann doch wieder etwas ansteigen und irgendwie freute ich mich auf.... Ja was eigentlich? Sollte ich wieder einen kurzen Artikel über irgendwelche Events verfassen? Eine längst über fällige Biografie? Brauchte er wieder einmal eine Kurz Geschichte die das Leben schrieb?
Während ich noch so vor mich hin grübelte, durch wühlten meine Finger den Koffer. Eine Ausgewaschene Diesel Jeans, ein dunkel blaues T-Shirt mit dem Aufdruck,

" Hilfe, ich bin Blond", ein Geschenk meines Ex Freundes Michael der es liebte mich damit auf zu ziehen das ich wirklich Blond war, meine Unterwäsche, ein Paar Socken und meine Badezimmer-Notfall Tasche landeten neben mir auf den Boden. Schnell noch meine Nike Turnschuhe und ab ins Bad.

Nach dem Duschen war ich endgültig wach und ich fühlte mich recht erfrischt. Gut gelaunt fing ich an ein Lied vor mich hin zu trällern...

Das Frühstück war etwas dürftig da ich mich beeilen wollte und so gab es nur einen Starken Kaffee und eine Zigarette.

Danach ging es zum aus checken das relativ schnell ging, eigentlich hatte ich ja noch vor hier einiges über Sauberkeit in den Zimmern los zu lassen, aber beim Anblick dieser jungen Frau hinterm Tresen, die einen sehr Gestressten Blick drauf hatte, verkniff ich mir mein Kommentar und ich fuhr bereits kurz nach acht Uhr los Richtung Frankfurt.

In circa sieben Stunden würde ich da sein wenn es nicht wieder überall stau gabt.

Die Strecke schien heute unendlich zu werden. Es waren zwar für einen Samstag, wenig Autos auf der Autobahn aber irgendwie schien die Rückfahrt länger zu dauern als die hin fahrt gestern. Lag wohl daran das ich mich Gestern darauf freute meine Bekannte zu treffen und endlich mal mein Wochenende genießen zu können. Jetzt jedoch war ich auf dem Heim weg um wieder zu Arbeiten. Na ja, Ich kannte es Mittlerweile gar nicht mehr anders und so machte ich mir nicht weiter Gedanken darüber.

Endlich, die Ausfahrt A66 Richtung Frankfurt tauchte einige Meter vor mir auf. Wurde auch langsam mal Zeit. Mein Rücken schmerze trotz zweimaligem Rasthofstops um mir die Beine zu vertreten.

Als Ich in die City kam, fing ich doch wieder an zu grübeln was es dieses Mal sein würde. Leider hatte ich nicht die Zeit noch Konzentration um mich weiterhin darüber den Kopf zu zerbrechen da ich an meinem Büro Komplexes an kam und mir einen freien Parkplatz in der Tiefgarage suchen musste. „Man, welcher Trottel hat seine Karre auf meinen Parkplatz gestellt?" Obwohl dort an der Wand mein Schild hing, M.v.D F-M-449 meinten Kunden die in den Geschäften unterhalb unsere Büros , das leider im 3 Stockwerk lag, Einkaufen gingen, dort parken zu können. Man, ich hatte langsam die Nase so was von gestrichen voll. Wollte nur noch aus diesen Verschwitzten Klamotten raus, einen Kaffee und nach Hause. Doch ich hatte Hermann Huber erst noch vor einer Stunde am Telefon bestätigt das Ich bald da seihe und er sich 100%ig auf mich verlassen könne. Also, blieb mir nichts weiter übrig als weiter nach einem freien Parkplatz zu suchen um endlich diese Sache hinter mich zu bringen.

Eine viertel Stunde und einer Zigarette später fand ich einen Parkplatz. Nicht gerade vor der Eingangstüre aber immerhin, ein Junger Mann fuhr gerade aus einer Parklücke und ich schnappte sie mir.
Auto aus! Meine Tasche schnappen und los.
Ein blick auf meine Silberne Armband Uhr sagte mir, dass es bereits zwanzig Minuten vor fünf Uhr war. Ich war so etwas von erledigt und hoffte das ich das Interview doch noch irgendwie auf Morgen oder Montag verschieben könnte. Doch, ich sollte eines besseren belehrt werden.

Kapitel 2

Der Auftrag

„Meli, lass dich drücken". Der Türklinge noch in meiner rechten Hand stand ich im Büro meines Chefs. Mit einem Sprung, der mich leicht irritierte, sprang Hermann Huber hinter seinem Schreibtisch vor und umarmte mich als hätten wir Uns seit Wochen schon nicht mehr gesehen.

„Wie war die Fahrt? War viel los auf der Autobahn? Möchtest du einen Kaffee? Hab ihn gerade frisch gemacht. Komm, setzt dich. Zigarette?" Etwas war hier mega faul. Er überschlug sich ja fast beim Reden. „Ähm, ist alles ok? Hab ich was verpasst seit Ich gestern weg bin? Ist etwas passiert oder warum bombardierst du mich gerade so?" Ich versuchte zu Lachen leider ging das etwas daneben und es hörte sich mehr als ein grunzen an weil ich jetzt doch etwas nervös würde. Was zum Teufel ging hier vor? Was sollte dieses ganze Theater? Erst jetzt bemerkte ich den Hörer der neben dem Telefon lag. Ich setzte mich auf den Stuhl vor dem Schreibtisch und wartete, dass Hermann Huber sich setzte. „ Moment noch Meli. Muss noch etwas erledigen." Hermann Huber griff sich den Hörer und sagte, " Hallo, hören Sie, Sie ist gerade die Tür rein gekommen. Ja natürlich, Ich werde es ihr ausrichten und versprochen, in einigen Wochen haben sie dann alles. Ja, mach Ich. Wünsche ich Ihnen auch. Auf wieder hören." Hermann Huber legte den Hörer auf und schaute mich über den Rand seiner Brille an.

Einige Minuten verstrichen ohne dass Er auch nur ein Wort sagte. Ich fing an nervös auf meinem Stuhl hin und her zu rutschen. Gerade noch so, konnte ich mich selbst bremsen den sonst hätte Ich wieder an meine Nägel gekaut. Eine sehr schlechte Angewohnheit seit meiner Kindheit die Ich nur allzu gerne hätte aufgeben wollen. „ Man Hermann, los raus mit der Sprache. So schlimm kann es jetzt doch nicht sein oder?" Hermann Huber räusperte sich und nahm einen Gelben Ordner der vor ihm auf dem Schreibtisch lag und gab ihn mir. „ Meli, hier sind die Aufzeichnungen von Lenz. Lese sie dir durch und dann erkläre ich dir alles weitere." Ok, wenn's weiter nichts ist. Ich nahm den Ordner mit der Aufschrift, „TEXNET-ANGEL" entgegen und fing an zu lesen.

Nach einiger Zeit schloss Ich den Ordner und legte ihn zurück auf den Schreibtisch. Es waren eigentlich überwiegend nur Stichpunkthaltige kurze Sätze aber was dort stand, lies mir einen kalten Schauer über den Rücken laufen. Hermann Huber sah mich fragend an." Was meinst du, bekommst du das hin daraus eine Art Biografie zu machen? Alles was Ich sagen konnte war, „Ist das dein Ernst?" Ich wusste beim besten Willen nicht was ich sonst hätte dazu sagen sollen. „ Meli, du weist Ich vertraue dir und du bist halt mal einer der damit klar kommt. Ich kann nur dir diesen Auftrag geben. Außerdem, Angel bat mich dir den Auftrag zu über lassen. Sie kennt deine Schriftweise und möchte das du es schreibst." Ich musste erst mal tief Luft holen. Klar war das ein Kompliment das sich jeder Journalist von seinem Chef wünscht zu hören doch, ich brauchte noch etwas bedenk Zeit. War ich wirklich so Tolerant damit klar zu kommen? Ich, die Unschuld vom Lande die noch nie damit zu tun hatte??

Klar, Skandale hatte so mancher Promi und Ich schrieb auch darüber nur, dieses hier schien mir etwas zu, ja sagen wir mal, „Intensiv" zu werden. Ich sollte in die Höhle des Löwen nur um eine Biografie über eine Prostituierte zu schreiben? Was war sie? Ein Edel Callgirl??

Als hätte Hermann Huber meine Gedanken gelesen sagte er, „ Sie hat ihre Geschichte verkauft um erstens die Vorurteile die Menschen gegen über Frauen wie sie haben aus dem Weg zu räumen und zweitens, damit sie genug Geld hat um ein Projekt zu unterstützen." Mag ja sein aber, was gibt es da den schon zu berichten? Frauen die anderen Frauen ihren Männer das Geld aus der Tasche lockten? Denen sie ein Schauspiel vorgaukeln und Liebe vorheucheln? Junkies die sich so ihre Drogen verdienen?

„Hermann, sei mir nicht böse aber, nachdem was Ich hier gelesen habe, mag ja sein das Sie ein scheiß leben hatte aber, mal ehrlich, was soll ich da schreiben? Eine Anleitung wie man Männer das Geld aus der Tasche zieht? Welche Drogen besser rein hauen? Was für eine verarsche das alles ist?" Sorry aber für solche „Frauen" hatte ich kein Verständnis. Hätte sie doch „Normale" Arbeit annehmen können dann hätte sie auch ein normales Leben mit Ehemann und Kinder haben können.

„Melinda, deine Abneigung ist genau das was *Angel* damit meint. Sie möchte der Welt erklären wie es wirklich in „Ihrer" Welt zugeht. Sie möchte das man sie versteht."

Ich fall vom Glauben ab! Ich sitze hier und höre mir den Mist über eine Hure an wo ich hätte mein Wochenende genießen können. Na ganz toll. Was ein Tag!

„Pass auf, Texnet hat die Rechte an ihrer Story bereits gekauft. Du sollst nur die Biografie schreiben. Nicht mehr und nicht weniger." Ich spürte zum ersten Mal seit 7 Jahren so etwas wie, einen Befehlston in der Stimme meines Chefs. „Sehe es einfach als deine ganz normale Arbeit an. Du schreibst nur! Du wirst keine von denen!"

Na ja, wo Er recht hat, hatte er recht. „Ja das stimmt wohl. Ok und wie soll das nun laufen? Mit Lenzis Aufzeichnungen kann Ich nicht allzu viel anfangen. Dazu fehlt noch einiges."

„Ich weiß. Deshalb hast du um 20 Uhr ein treffen mit *Angel*. Sie erwartet dich im Sugar Shake Apartment 8."

„Im Sugar Shak? Aber das ist doch das Apartment Haus wo alle Nutten unterkommen neben dem Bordell Scarlett."

Alleine beim Gedanken daran würde mir übel. Ich stellte mir vor wie es von Ihnen aussehen würde. Oft genug fuhr ich an dieses herunter gekommene Haus vorbei um nachhause zu kommen. Abgeblätterter Putz viel von den Wänden. Mit Roter Farbe „Nutten" und „Huren" an die Hausmauer gesprüht. Wie wird es dann erst von innen aussehen? Werden da Freier rum hängen? Zuhälter? Und da sollte ich heute Abend hin?

Ich kam nicht mehr dazu auch nur noch einen einzigen Kommentar ab zu lassen den Hermann Huber riss mich aus meinen Gedanken.

„Fahr heim, mach dich frisch und sei pünktlich. Zeit ist Geld Meli und das im wahrsten Sinne des Wortes. Und bevor ich es vergesse, Ich habe hier ein Scheck für dich. Macht es vielleicht einfacher für dich über deinen Schatten zu springen." Hermann Huber öffnete eine Schublade an seinem Schreibtisch und nahm ein weises Kuvert daraus.

Erst wollte ich ja reinschauen doch dann lies ich es erst mal. Ich verstaute den Umschlag in meiner Handtasche. Das konnte ich auch später noch zu Hause tun. Jetzt war erst mal diese Sache wichtig. Mein Auftrag!

„Hermann, was soll ich sagen? Alleine der Gedanke daran in dieses Haus gehen zu müssen macht mir Kopfzerbrechen. Das schreiben kann ich auch zu Hause tun nur, muss das treffen unbedingt im Sugar Shake sein?"
Es gab keine weiteren Diskussionen. Hermann Huber stand auf, nahm mich beim Ellenbogen und begleitete mich zur Tür.
„Du machst das schon Meli. Ich hab vollstes Vertrauen zu dir. Lass dich noch mal drücken und melde dich heute Abend wenn du bei ihr warst." Mit diesen Worten stieß Hermann Huber mich praktisch zur Tür raus. Boom! Tür zu!
Zu mir selbst sagte ich, Ok, ich schaff das schon. Man, es war mein Job. Reiß dich zusammen das ist nur ein Auftrag. Denk an das Geld!
Ich fuhr nach Hause.

Als ich unter der Dusche stand, das erfrischende Wasser über meinen verschwitzen Körper lief, lies ich meinen Gedanken freien Lauf. Ich musste über meinen Auftrag nachdenken.

Was wird mich heute Abend dort erwarten? Sollte ich nicht doch meinen Chef fragen ob ich einen Bekannten mitnehmen könnte weil ich alleine etwas Angst hatte? Wie bekomme ich meine Abneigung gegen diese Frauen in den Griff? Sie wird es spüren und das wäre ganz und gar nicht Professionell. Kopfschütteln stieg ich aus der Dusche. Ich wischte über den angelaufenen Badezimmer Spiegel und schaute mein Gesicht an. Warum habe ich eigentlich so eine Abneigung gegen „Prostituierten"? Ich kannte „ *Angel*" ja noch nicht einmal und machte mir jetzt schon ein Urteil über sie. Das war eigentlich gar nicht meine art. Ich beurteilte Menschen erst nach dem ich sie kennen lernte. Manche mochte ich erst auf den zweiten Blick, manche gar nicht, andere wieder rum mochte ich auf Anhieb. Ich stieß alle meine Gedanken beiseite. Ermahnte mich selbst zur Vernunft zu kommen, schlang das Handtusch um meinen Körper und lief zum Kleiderschrank. Ich schaute meine Kleidung an und überlegte, was ich anziehen sollte. Ich entschloss mich für ein paar Jeans und ein Pinkes Kapuzen Sweatshirt. Ich kramte in meiner Unterwäschen Schublade BH und Unterhose raus, Socken aus der zweiten Schublade und fing an mich ab zu trocknen und anzuziehen.

Es war 19 Uhr 43 als ich vor dem „ Sugar Shake" parkte. Mein Herz schlug mir bis zum Hals aber nicht weil Ich Angst vor „ *Angel*" hatte sondern, das Haus machte mir Angst. Egal, ich musste da jetzt durch.

Vorm Haus schien alles ruhig zu sein. Niemand stand dort noch hörte man etwas aus dem Haus.

Es gab insgesamt 12 Klingelschilder aber keine Namen standen darauf sondern nur die Zahlen, 1-12. Ich nahm an das das zu dem jeweiligen Apartment gehört und so Klingelte ich bei der Nr. 8

Erst tat sich nichts und ich wollte schon wieder gehen als ich eine Leise Frauen stimme vernahm. „Hallo, wer ist da bitte"? Erstaunt darüber dass diese Stimme so gut Deutsch sprach, Ich hatte angenommen eine polnische oder der gleichen Frau anzutreffen, warum auch immer, sagte ich, „ Hallo, hier ist Melinda van Düd. Ich bin hier wegen dem Interview." Ein summen der Tür drang durch die stille, ich stieß die Tür auf. Doch etwas verwirrt darüber das diese Stimme nicht mal sagen konnte welsches Stockwerk ich gehen sollte ging ich durch die Tür.

Im Haus stellte ich erstaunt fest das es ein absolutes Gegenteil zu außen war. Die Wände waren in einem zarten Aprikosen ton gestrichen. Einige Bilder von Sonnenuntergängen sowie Blumen in Orangetönen verzierten noch dazu die Wände. Die Treppe war aus hellem Holz genau wie das Geländer das nach oben führte. Weiße Türen auf beiden Seiten des Flures hatten jeweils eine Nummer. Langsam stieg ich die Treppe hinauf. Eine leichte Brise von Vanille stieg mir in die Nase. Nichts Unangenehmes sondern, eher verlockend. Alles schien so sauber und Ordentlich. Die Fenster zur Straßen Seite hatten in jedem Stockwerk die gleichen Vorhänge. Weiß mit Orangen rändern die eine kleine schleife in der Mitte zierte.

Verblüfft über all das, damit hätte ich nun wirklich nicht gerechnet, stieg ich weiter in den 4 Stock. In jedem Stockwerk gab es 2 Apartments die sich Links und Rechts gegen über lagen.

Am Apartment Nr.8 war die Tür nur angelehnt. Ich klopfte leicht an. „Hallo, Angel, sind sie da?" Leise Musik dran an mein Ohr und ich hörte zwei Frauen miteinander reden und Lachen.
Plötzlich ging die Tür auf und Ich war baff. Ich weiß nicht was Ich erwartet hatte. Eine stark übergeschminkte Frau in Reizwäsche und High Heels? Oder das sie älter war? Doch, diese Frau die mir nun gegenüberstand, mir mit einem Freundlichem Lächeln die Tür ganz auf machte und mir ihre Hand zum Gruß hin hielt, war alles andere als Ich erwartet hatte.

Eine Junge sehr Attraktive Frau stand mir gegenüber. Ihre Honig Blondes fast hüftlange Haare hatte sie zu einem Pferdeschwanz gebunden. Ihre blauen Augen strahlten freundlich. Sie hatte kein Make Up aufgelegt, hatte sie auch nicht nötig. Ihre leicht Gebräunte Haut mit den vielen Sommersprossen und dem sinnlichen Mund der mit zwei Grübchen umschmeichelt wurde, lies ihre Natürliche Schönheit glänzen. Der kleine Silberne Nasenstecker ließ ihre Stupsnase noch mehr zur Geltung kommen.
Zwei Diamant Stecker zierten ihre Ohren.
Sie trug, nicht so wie ich es erwartet hatte „ *Arbeitskleidung* " sondern, ein Türkises bauchfreies T-Shirt dazu eine farblich passende Shorts die ihre Langen schmalen Beine erblicken ließen. Ihre Füße hatte sie in Flippige Blaue Flip Flops gesteckt.

„Hallo Melinda, Ich bin Angel. Schön dass sie kommen konnten."
Ich gab ihr meine Hand und sagte auch hallo. Man, ich kam mir im Moment ziemlich dumm vor. Ich hatte mir das schlimmste ausgemalt und nun das hier! Damit hätte ich in 100 Jahren nicht gerechnet. Angel bat mich einzutreten. Sie schloss die Tür hinter mir und meinte, „ Hier entlang. Ich hoffe es stört sie nicht das meine Kollegin noch da ist. Sie geht gleich."
„ Nein, nein, Natürlich nicht. Sie kann ruhig noch bleiben. Brauch nicht wegen mir zu gehen."
Angel lief vor mir, Ich folgte ihr ins Wohnzimmer wo Ihre Kollegin auf dem Sofa saß. Ein kurzes Hallo beiderseits, stellten wir uns einander vor. Ihr Name war Jenny. Auch sie schien nicht viel älter als Angel zu sein.
Jenny war das komplette Gegenteil von Angel. Sie hatte kurze braune Haare die sie etwas strenger aussehen Liesen. Eine Oberweite die ich nur von Porno Stars kannte und schien auch etwas kleiner als Angel zu sein. Ihre Figur könnte man „ Fraulich " bezeichnen da sie einige Rundungen hatte die ihr aber sehr gut stand.
Die beiden Frauen unter hielten sich noch einige Minuten über einen Mann namens Jimmy. Der, als sich später rausstellte, der Bordell Chef war.
Nach wenigen Augenblicken stand Jenny auf,

gab mir ihre Hand und verabschiedete sich von mir mit den Worten, „War schön Sie kennen zu Lernern. Vielleicht sieht man sich ja noch mal ".
Ich bedankte mich bei ihr und schaute den Frauen hinter her.
An der Eingangstür umarmten sie sich kurz, gaben sich Küsschen auf die Wangen und verabschiedeten sich mit den Worten, „Wir sehen uns nachher."
Angel schloss die Tür und kam zurück ins Wohnzimmer. „Darf Ich ihnen etwas zum Trinken anbieten Melinda? Einen Kaffee oder etwas Kaltes?" Kaffee hörte sich super an und Ich nahm ihr Angebot nur allzu gerne an.

Kapitel 3

Das Interview

Angel kam mit einem Tablett auf dem zwei Tassen Heißem, sehr gut duftendem Kaffee, etwas Gebäck, Milch und Zucker standen zurück ins Wohnzimmer. Sie stellte alles auf den Tisch vor mir ab und setzte sich gegenüber von mir auf den Sessel.

Ich wollte gerade los legen und meine „ Arbeit " tun als Angel mich ansah und sagte, „Melinda, ich möchte nicht unhöflich sein aber, ich möchte sie bitten mich als ganz normale „ *Frau* " zu sehen. Hier bin Ich Privat und heiße im wirklichen Leben Sabrina. Sie können mich gerne duzen wenn sie möchten."

Sabrina alias *Angel* war mir plötzlich sehr Sympathisch und so wurde aus der gespannten Lage ein sehr lockeres Verhältnis das meine Arbeit viel leichter machte. Nur allzu gerne stimmte ich zu und es konnte losgehen.

Die Notizen die ich von Lenzi hatte, hatte ich zuhause gelassen. Ich wollte mir selbst ein Bild von allem machen und so holte ich nur mein Diktiergerät aus meiner Handtasche und stellte es auf „ *On* ".

„Sabrina, warum möchtest du das Ich deine Lebensgeschichte Veröffentliche?" So fing das Interview an.

Sie schaute mich einige Sekunden an. Plötzlich schien sie sehr Traurig zu sein. Ihre Augen schimmerten als würden sich Tränen ihren Weg nach draußen suchen.

„Melinda, Ich werde aus diesem Gewerbe aus steigen." Nach kurzem schweigen sagte sie, " Ich möchte nach Hause, Ich vermisse meinen Bruder und die Kinder. Wir brauchen das Geld um weiter zu machen." Weiter machen? Was meinte sie damit? Doch ich fragte nicht, Sabrina würde es mir schon sagen wenn es so weit ist.

Sie stockte und schaute für eine Weile aus dem Fenster. Ihre Stimme versagte und es schien als würde es sie sehr viel Kraft kosten die nächsten paar Worte über ihre Lippen zu bringen. „ Melinda, ich bin Krank. Sehr krank. Ich werde Sterben."

Was genau sie damit meinte sagte sie nicht aber es traf mich und ein Schauer lief mir den Rücken runter.

Ich schaute in Ihr Trauriges, fast noch Kindlich wirkendes Gesicht und stellte fest, Ich hatte plötzlich unendliches Mitleid mit dieser Frau. Ja es versetzte mir sogar einen heftigen Stoß ins Herz.

Ich ließ ihr Zeit, wollte sie nicht unter Druck setzen und so sah's ich nur da und schaute Sabrina für eine Weile an.
Ihr blick senkte sich, dann schaute sie mich wieder an. „ Melinda, ich möchte dir erzählen wie alles Begann, wie Ich zu dem wurde was Ich heute bin und was Ich für ein Leben hatte.
Auch möchte ich helfen, Jungen Mädchen die meinen sich für diesen „ *Beruf*" entscheiden zu müssen, doch lieber die Finger davon zu lassen."
Ich wusste erst nicht was Ich sagen sollte und so nickte ich nur kurz und schwieg.

Kapitel 4

Sabrinas Leben

„Meine Heimat Stadt ist Wien, geboren wurde ich allerdings 1982 in Köln. Dort verbrachte ich die ersten drei Jahre meines Lebens mit meiner Mutter, Meinem Vater und Meinem Zwillingsbruder Denis.

Wir verließen Köln damals weil mein Vater bei einem Autounfall, ums Leben kam. Ein Betrunkener Autofahrer nahm ihm die Vorfahrt und Krachte frontal in das Auto meines Vaters rein. Er war auf der Stelle tot. Der Unfall Verursacher begann Fahrer flucht und ist, soviel ich weiß, bis heute auf freien Fuß.

Meine Mutter zerbrach fast an dem Tod meines Vaters. Sie fiel in sehr schwere Depressionen und würde Tabletten abhängig. Als wir Kinder immer mehr abmagerten und Verwahrlosten weil sie sich nicht um Uns kümmerte, rief eine Nachbarin das Jugendamt an. Die nahmen uns Kinder meiner Mutter weg und steckte Uns ins Heim. Uns würde gesagt das sie danach in eine Klinik kam aber, seither habe ich keine Ahnung wo sie ist und ob sie noch Lebt."

Ich unterbrach sie nur ungern aber, ich musste erst einmal eine Rauchen. Das nahm mich doch etwas mit.
Ich nahm mein Päckchen aus meiner Handtasche und wollte gerade fragen ob es ok sei als Sabrina mich anschaute und nickte.
Ich steckte mir eine Zigarette an und Sie stand auf um mir einen Aschenbecher zu reichen.
Auch Sabrina steckte sich eine an und erzählte weiter.

„Vier Jahre waren mein Bruder und Ich in einem Heim für Waisenkinder obwohl Wir noch Großelter hatten, was wir zu dieser Zeit punkt aber nicht wussten war, unsere Großeltern wollten uns nicht. Also wurden wir dort untergebracht.
1989 würde Mein Bruder und Ich getrennt Er wurde Adoptiert Ich kam in eine Pflegefamilie.
Zuerst war es sehr schwer für mich nicht mehr bei Denis zu sein. Aber, da wir beide noch sehr jung waren, wussten wir nicht anders. Denis wurde von einem Kinderlosen Ehepaar Adoptiert das, so wurde es mir später hin erzählt, circa ein Jahr danach in die USA auswanderte.

Ich kam zu einer Pflegefamilie die bereits vier Kinder, im Alter von Sechs bis Dreizehn hatten.
Dort hatte Ich plötzlich zwei neue Brüder, einer Acht und der andere Dreizehn und zwei neue Schwestern im Alter von Sieben so wie Ich damals und eine Elf.
Am Anfang freute ich mich wieder eine „ Familie “ zuhaben. Geschwister mit denen ich spielen konnte. Doch, es war nicht von Dauer.

Die Jungs hatten ein eigenes Zimmer und die Mädchen eins. Soweit ich mich daran erinnere war es eigentlich sehr hübsch eingerichtet. Bei uns war alles in Rosa und bei den Jungs alles in Blau. Wir hatten viele Puppen und viele anderen Spielsachen. Doch, an was ich mich noch erinnere sind die Nächte in denen Meine „ Schwestern “ und ich uns in den Schlaf weinten.“

Sabrina hörte auf zu reden und sah mich an. Ich wollte und konnte in diesem Moment nichts sagen da Ich Angst hatte sie würde mir gleich Erzählen warum sie weinten. Ein Eiskalter Schauer lief mir den Rücken runter.

„Möchtest du noch einen Kaffee? Ich hole Uns noch einen“
Ich sagte ja und war etwas erleichtert dass sie ihre Erzählung kurz unterbrach. Als sie zur Küche ging, ging Ich in Gedanken noch mal Lenzis Notizen durch. Kein Wort war darin zu finden was Ich bis jetzt gehört hatte. Außer dass sie in Köln groß wurde, wie alt sie war und das sie diesen „ Beruf “ seit ihren achtzehntem Lebens Jahr ausübte. Wie sie zu Ihren „ Künstlernamen “ kam und ja, nur belanglosen halt. Ein paar Mal erwähnte er zwar dass sie misshandelt wurde und von Zuhälterei war die Rede aber, das was Sabrina mir bis jetzt erzählt hatte, war mir neu.

Sabrina kam mit dem Kaffee zurück.
Sie nahm wieder in dem Sessel Platz, trank einen Schluck, steckte sich noch eine Zigarette an und lehnte sich zurück.
„ Kann Ich weiter erzählen? “
„ Ja wenn du so weit bist, ich höre dir weiterhin zu.“ Mein Diktiergerät das ich kurz auf Pause gedrückt hatte stellte ich wieder auf On und legte es zurück auf den Tisch.
Sabrina erzählte weiter.

„ Melinda, das was ich dir jetzt erzähle, habe ich außer dem Jugendamt noch nie Jemandem erzählt. Verurteile mich nicht, Ich wusste es damals nicht anders.“
„ Sabrina, wie kommst du darauf? Ich glaubte zu wissen was jetzt kommt. Mir dreht sich mein Magen ein wenig aber nicht wegen dem was Du mir sagst sondern, was Euch damals passiert ist! Du musst das nicht tun.“

Ich hatte plötzlich das starke Bedürfnis sie Schützend in den Arm zu nehmen. Sie sah so Traurig und Hilflos aus. Doch gleichzeitig schien sie eine sehr starke Haltung ein zu nehmen.

„ Nein, das gehört zu meinem Leben dazu und ich glaube, das hat mich zu dem gemacht was Ich heute bin! "

Sie holte tief Luft und erzählte weiter.

„ Meine, ältere Schwester Mandy war damals Fünf, als sie in diese Familie kam. Die kleine Conny mit zwei ein halb. Mandy war immer so etwas wie Unser Ersatz Mama. Egal wo sie hin ging, sie versuchte uns immer mit zu schleppen." Ein Lächeln erschien auf Sabrinas Gesicht als sie das sagte, jedoch verschwand es gleich wieder." Wir kleinen fanden das immer sehr lustig. Es verging kein Tag an dem wir nicht zusammen etwas unternahmen. Meistens kam sie nach der Schule nach Hause, warf Ihre Schultasche in die Ecke, schnappte Uns und ging mit Uns auf den Spielplatz. Erst als es Dunkel würde und Zeit für Abendbrot war, brachte sie uns zurück. Wenn es draußen mal zu kalt war oder es Regnete, nahm sie Uns mit auf dem Dachboden des Hauses. Dort spielten wir immer „Mäuse". Sie sagte dann, wir müssen so leise sein wie Mäuse wenn wir dort spielten. Was wir damals natürlich nicht wussten war, warum sie das mit uns tat.

Ich war ungefähr ein paar Wochen in meiner Neuen Familie als ich nachts einmal durch komische Geräusche wach wurde. Alles war Dunkel nur die Zimmertür war ein Spalt weit offen und von draußen vom Flur schien etwas Licht ins Zimmer. Ich hörte wie Mandy weinte und immer wieder sagte, „ Bitte, hör auf, das tut weh ". Ich hörte wie Mein Pflegevater sagte, „ sei still sonst nehme ich Conny oder Sabrina mit raus." Außer weinen hörte ich dann nichts mehr von den beiden. Ich setzte mich aber in mein Bett und schaute rüber zu dem Bett meiner Schwester Mandy. Er sah das Ich sie beobachtete, stieg aus dem Bett zog sich seine Hose wieder an und ging raus. Mandy lag einfach so da und weinte. Ich ging zu ihr und legte mich neben sie ins Bett. „ Mandy, darf ich bei dir schlafen?" Sie nahm mich ganz fest in den Arm und flüsterte immer wieder, „Euch wird nichts passieren. Ich passe auf euch auf."
Ich schlief bald wieder ein aber, wie lange Mandy noch weinte weiß ich heute nicht mehr. Auch den Grund warum sie damals weinte verstand ich noch nicht.
Es dauerte allerdings nicht lange bis ich das erfahren sollte.

An meinem Achtem Geburtstag war es dann so weit. Ich sollte dasselbe Schicksal erleiden wie Mandy und Conny."

Mir raubte das was Ich hier hörte den Atem.
Sabrina erzählte mir mehr und mehr von ihrer verkorksten Kindheit. Die Nächtlichen Besuche von ihrem Pflegevater, die Qualen die sie ertragen musste, die Schmerzen und von den unzähligen Tränen die sie und Ihre Geschwister vergossen.
Sie tat mir so unendlich leid!

Kapitel 5

Der Abschiedsbrief

Es dauerte eine Weile bevor Sabrina weiter reden konnte. Sie stand am Fenster und schaute auf die Straße.

„Weißt du Melinda, am Anfang tat es noch weh aber man lernt mit dem Schmerz um zugehen. Irgendwie schafft man es in diesem Moment gar nicht wirklich da zu sein. Man ist wie betäubt und flüchtet sich in seine eigene Traum Welt.
Es ging über Jahre hin weg und keiner merkte etwas. Meine Pflegemutter wusste es zwar aber, sie schwieg aus Angst, denn mein Pflegevater verprügelte sie regelmäßig. Erst als das Jugendamt den Abschieds Brief meiner Schwester Conny bekam, würden wir aus diesem Haus geholt und Unsere Pflegeeltern kamen in den Knast."

Ich musste mehrmals mit meiner Übelkeit und mit meinen Tränen kämpfen. Ich hatte schon viel gehört und gesehen aber, das was Ich hier hörte, musste auch Ich erst mal verkraften. Mein Gott, was mussten dann erst diese Kinder damals mit gemacht haben?

Sabrina drehte sich zu mir um und sah mich mit einem Blick an den Ich nur so beschreiben kann. Ihre Augen waren irgendwie leer. So als hätte man Ihr all das Leben daraus gesaugt. Fast Versteinert blickte sie mich an. Es erschrak mich ein wenig den das strahlen das Ich bei meiner Ankunft in ihren Augen gesehen hatte war verschwunden.

„ Melinda, einen Brief den Conny an mich und Mandy schrieb habe ich hier. Ich möchte ihn dir gerne zeigen Ein anderer ging damals ans Jugendamt und der rettete Uns das Leben..."

Ich wusste in diesem Moment nicht ob Ich wirklich bereit war mir die Zeilen durch zu lesen aber, Ich wollte Ihr nicht zeigen das mir das alles weh tat und auch Angst machte.
Ich nickte einfach nur und Sabrina ging zu Ihren Wohnzimmerschrank, öffnete eine Schublade und holte eine kleine Schachtel mit Herzaufklebern hervor.

„ Das ist alles was aus meinem Früheren Leben geblieben ist.“
Sie öffnete die kleine Schachtel. Bilder, zetteln und kleine Andenken kamen zum Vorschein.
Auch eine zierliche Silberne Halskette mit einem kleinen Anhänger.
„ Diese Kette hat mir damals Mandy geschenkt. Es sollte mich beschützen.“
Liebevoll streichelte sie über den kleinen Engelanhänger.

„ Hier ist er.“ Sie gab mir einen gefalteten Gelblichen Zettel. Mit zittrigen Händen nahm Ich ihn entgegen.

Langsam entfaltete Ich ihn und schaute mir den Brief an. Die Schrift war sehr kricklig so als hätte man in unter sehr großen druck geschrieben.
Eigentlich war das geschriebene zuerst kein Normaler Brief sondern eher so etwas wie, ein Gedicht. Ich fing an zu Lesen.

Wunden, die auf der Seele brennen,

kann man von außen nicht erkennen.

Du schweigst, weil keiner es wissen will.

Deine Seele schreit, dein Mund ist still.

Du versuchst,

den Schmerz zu ignorieren und dich auf das Leben zu Konzentrieren.

Du vergräbst ihn in Dein Herz und lernst zu leben mit dem Schmerz.

Die Wunden bluten leise weiter.

Doch du spielst deine Rolle,

Fröhlich und heiter.

Irgendwann im Laufe der Zeit ist es dann so weit.

Du bist Müde und leer.

Hast keine Kraft mehr!

Die offenen Wunden haben dich geschafft.

Zu reden hast du längst Verlernt.

Du hast dich von Dir selbst entfernt.

Du erträgst es nicht mehr.

Die Last des Lebens ist zu schwer...

Mandy und Sabrina es tut mir so unendlich leid aber Ich kann nicht mehr. Ich bin am Ende

meiner Kraft und jetzt bin Ich auch noch Schwanger vom Ihm! Und das mit Fünfzehn!!

Ich kann und will so nicht mehr leben. Passt auf euch auf. Ich habe dafür gesorgt dass Ihr

da raus kommt. Ich hab euch ganz Doll lieb.

Lebt wohl,

Eure Conny

Ich konnte nichts sagen. Legte den Brief einfach auf den Tisch und schaute Sabrina an.

Als hätte Sie meine Gedanken lesen können sagte sie, „ Sie sprang vor einen ICE."

Kapitel 6

Wie alles begann

Sabrina musste eine kleine Pause einlegen und lies Ihren Tränen freien Lauf.
Ich nahm sie in den Arm und versuchte etwas Trost zu spenden.

Es war bereits dunkel draußen, als Ich wieder mein Diktiergerät einschaltete um, auf
Wunsch von Sabrina, weiter zu machen.

„Als Uns damals das Jugendamt aus der Familie holte, würden wir vier getrennt in
Heimen untergebracht. Das Leben dort war die Hölle und Ich lief kurz nach meinem
Siebzehnten Geburtstag davon."

Sie erzählte mir wo sie die Nächte in Abbruchhäusern schlief, sich jeden Pfennig
erbettelte, und die Nächte in der Sie fast erfror.
Angst von der Polizei erwischt zu werden die Sie dann zurück ins Heim oder einer
Pflegefamilie bringen könnte.

Und von Jimmy. Dem Bordell Besitzer!

„ Ich war gerade wieder mal am Hauptbahnhof und versuchte mir mein Essen zu erbetteln da kam Jimmy auf mich zu. Er war der erste der Mich Nett behandelte. Mit einem Lächeln kam er auf mich zu und gab mir Zehn D-Mark. Klar freute ich mich darüber wusste aber in dem Moment nicht genau wie Ich darauf reagieren sollte.
Ja und so fing das damals an. Ich war fast Täglich am Hauptbahnhof und fast Täglich kam Jimmy vorbei. Eines Tages fragte er mich ob Ich nicht mal Lust hätte einen Kaffee trinken gehen zu wollen. Ja und da es so verdammt kalt war freute Ich mich natürlich darauf. Wir würden ja an einem öffentlichen Platz sein so konnte mir nichts passieren.
Halb erfroren und mit zittrigen Händen habe ich mir meine Finger an dem Becher aufgewärmt.
Jimmy schaute mich nur an sagte aber nichts. Irgendwann kam dann halt die Frage wie Ich heiße, woher Ich sei und so. Ganz locker eigentlich.“

Sabrina erzählte mir das nach dem sie sich aufwärmen konnte, Jimmy Ihr den Vorschlag machte doch bei Ihm zu Schlafen doch das lehnte sie dankend ab. Dafür kannte sie Ihn noch nicht gut genug. Und so ging es einige Monate lang. Immer wieder tauchte Jimmy auf, gab Ihr Geld oder lud sie zum Essen ein. Langsam baute sich eine Art Freundschaft zwischen den beiden auf und Sabrina begann Ihm zu Vertrauen.
Eines Abends, es sollte die Kälteste Nacht werden, wünschte sich Sabrina doch Jimmys Angebot bei Ihm zu schlafen, angenommen zu haben. Ein Glück hatte Er ihr mal eine Telefon Nummer gegeben falls sie mal in Schwierigkeiten stecken sollte.
Sie kramte den Zettel aus Ihrer zerfetzten Jeans Tasche raus, ging an eine Telefonzelle und wählte seine Nummer.
Sie vernahm seine sanfte Stimme am anderen Ende und war irgendwie erleichtert dass es kein anderer war.
Jimmy holte Sabrina in dieser Nacht am Hauptbahnhof ab und fuhr mit Ihr in seinem Auto zu Ihm nach Hause.
Das erste Mal seit Monaten in einem Warmen kuscheligen Bett zu schlafen, mal wieder heiß Duschen zu können war wie im siebten Himmel zu schweben. Es dauerte auch nicht lange und Sabrina schlief ein.

Es vergingen Wochen und Sie und Jimmy wurden ein Paar. Das zumindest dachte Sabrina damals.

Sabrina erzählte Er das er einen Club besitze wo sie aber noch nicht rein dürfte. Was genau hat er aber nicht sagen wollen. So vergingen die Monate. Sabrina verbrachte die Tage und Abende fast immer alleine zuhause da Jimmy nachts Arbeitete und Tags über Schlief.

Alles in einem führte sie ein schönes Leben. Plötzlich hatte sie jemanden der sich um sie kümmerte. Ihr die schönsten Kleider kaufte immer dafür sorgte das es Ihr gut ging und an nichts fehlte. Zum ersten Mal erfuhr sie sogar etwas wie Liebe und Geborgenheit. Das was Sie Ihr Leben lang suchte.

Leider sollte es nicht dabei bleiben.

An ihrem 18 Geburtstag,
dem Tag X wie sie es nannte, kam Jimmy mit einem anderen Mann nach Hause. Den
Er ihr als Riccardo vorstellte.
Jimmy holte Gläser und eine Flasche Jack Daniels hervor. Das erste Mal in Ihrem
Leben das Sie Alkohol trinken sollte.
Sabrina erinnerte sich an den Scharfen ekligen Geschmack und
das Ihr nach dem Getränk schwindlig würde. Alles schien so weit weg. Jimmys
stimmen vernahm sie nur noch wie durch Watte. Was danach geschah konnte oder
wollte sie nicht mehr wissen.
Am nächsten Morgen wurde sie wach und wusste erst nicht wo sie war. Ihr Kopf tat
höllisch weh und sie lag Nackt im Bett.
„Jimmy? Bist du da?"
Jimmy kam aus der Küche ins Schlafzimmer und sah sie etwas komisch an.
Sagte aber kein Wort.
„Schatz, was ist mit mir gestern Abend passiert? Und wie kam ich ins Bett? Und
warum Nackt?"
„Riccardo hat dich ins Bett gebracht. Ich habe dich Einreiten lassen"!

Mit diesen Worten drehte er sich um und lies Sabrina total perplex alleine.

Das Schicksal nahm seinen Lauf!

Am nächsten Abend, so erzählte sie weiter, nahm Jimmy sie mit in den Club und stellte sie allen als „ *Angel* "vor.

Diesen Namen verpasste ihr Riccardo weil sie, wie ein Engel ausgesehen hätte als er Sie Zuritt!

Sie musste sich „Arbeitskleidung" anziehen und mit runter in den Club gehen.

Was an diesen Abend mit Ihr passierte war wie ein einziger Alptraum. Es schien alles so unreal.
Männer grapschten nach Ihr, zogen sie auf ihren Schoss und fingen an, an ihr rum zu küssen.
Sabrina lies es über sich ergehen. Was anderes blieb ihr nicht übrig da sie ja nicht mal mehr wusste ob sie nun wach war oder dieses alles nur Träumte.
Es schien ein einziger Albtraum zu sein aus dem sie nicht wach wurde.

„Ich weiß noch dass es Mir am nächsten Morgen so schlecht ging. Mir war übel und Ich hatte starke Kopfschmerzen.
Jimmy nahm mich mit in die Wohnküche der Mädchen, holte ein Glas Wasser und sagte, Ich solle dort warten.

Einige Zeit später kam er mit einer Frau zurück die Er mir als Linda vorstellte. Sie würde sich etwas um mich kümmern, da Er noch etwas zu erledigen hätte."

Sabrina erzählte mir dass Linda eine etwas ältere Frau war. Sie zuerst einen sehr lieben Eindruck machte und sich Ihr annahm.

Wie lange sie dort in der Küche gesessen hatte und wie Ihr eigentlich geschah wusste sie heute nicht mehr. Nur an dieses eine erinnerte sie sich noch so als sei es gestern erst gewesen.

Das was Linda Ihr damals an den Kopf knallte!

„ Deine Feuertaufe hast du ja jetzt hinter Dir. Das war das schlimmste! Jetzt wird alles andere von alleine kommen. Du wirst sehen, du wirst eins der besten Pferdchen in Jimmys Stahl sein. Du bist Jung und noch unverbraucht. Die Freier stehen auf so etwas. Jimmy kann mit dir richtig Kohle verdienen! "

„ Irgendwann an diesem Tag kam Jimmy zurück und sah mich mit einem breiten Grinsen an. Meinte er hätte gehört Ich sei ein Naturtalent."

Sabrina schilderte Mir noch wie Sie „Ihr" Zimmer bekam, von der Preisliste und was Sie „Machen" sollte und was nicht. Von all den anderen Mädchen die sie kennen lernte. Einige davon waren Nett zu Ihr, andere versuchten alles um Ihr das Leben noch schwerer zu machen wie es bereits war.
Und wie sie Jimmy anbettelte sie doch gehen zu lassen und das Sie das nicht machen möchte.

Doch Jimmy ließ sie nicht gehen!

Sabrina wusste, entweder fügte sie sich der Situation oder sie würde wieder auf der Straße landen und Jimmy verlieren das wollte Ihnen dann auch nicht und so kam was kommen musste,

Sabrina wurde „*Angel*" die Prostituierte im Scarlett!

Kapitel 7

Die Abhängigkeit

„ Mein Einstieg in dieses Milieu war so furchtbar. Ich musste mich anfangs ständig übergeben.
Ich bekam diesen Geruch von Sperma und schweiß Geruch von all den Männer die zu Uns kamen nicht mehr aus der Nase. Es ekelte mich so dermaßen an, dass Ich mich mit Alkohol betäuben wollte doch das gefiel Jimmy nicht und er gab mir das erste Mal, Koks. Wie es mir danach ging muss ich, glaube ich, Dir nicht sagen.“

Sabrina sah mein doch etwas verwundertes Gesicht. Ich hatte noch keine Erfahrungen mit Drogen. Klar wusste ich was bei einigen Drogen die Auswirkungen waren doch selbst habe Ich nie welche nehmen wollen.

Sabrina lachte als sie mich ansah, „ Melinda du schaust mich an als hätte ich Gott weiß was gesagt. Ich meinte ja auch nicht das Du damit zu tun hattest nur halt, Ich dachte du weißt wie man auf Koks reagiert? “ Nein, das wusste Ich nicht, sagte aber, “ Ja, das kann Ich mir denken.“

„ Auf Koks bist du ein anderer Mensch. Du nimmst die Dinge zwar klarer wahr doch, dein Körper reagiert auf diese Droge mit Gleichgültigkeit. Du bist unschlagbar! Nichts und niemand kann dir etwas anhaben. Man nennt sie auch „ Ego-Droge “
Sie half mir dieses Job einigermaßen zu machen ohne darüber nachdenken zu müssen, was genau Ich da tat. Ich glaube, ohne diesen Mist wäre Ich damals durch gedreht. Leider Kicken diese Drogen nur eine Zeitlang. Dein Körper gewöhnt sich daran und man braucht immer mehr. Ich fing an alles Mögliche zu nehmen.

Von Koks bis Heroin, alles probierte ich aus nur um diese Situation in der ich war zu verkraften doch lange hielt das mein Körper natürlich nicht aus und so landete Ich damals in einer Entzugs Klinik.

Mehr tot als Lebendig wurde ich dort behandelt und entgiftet.“

Sabrina erzählte mir welche Höllen Qualen sie durch Lied als sie den Entzug machen musste. Von den schlimmsten schmerzen die ein Mensch haben kann bis hin zur totalen Bewusstlosigkeit weil ein Menschlicher Körper eine Schutzfunktion hat auf die er bei schmerzen nur so reagiert.

„ Jimmy kam nur zweimal in den Neun Monaten die Ich dort verbrachte, vorbei. Einmal um nach mir zu sehen das zweite Mal um mich ab zu holen."

An dem Tag als Jimmy Sabrina aus der Klinik mit nahm sollte gleichzeitig der Tag sein an dem sich Sabrinas Leben verändern sollte.
„ Clean " kam sie im Scarlett an doch, lange sollte es nicht so bleiben.

Sabrina erzählte weiter wie sehr ihr der Schritt zurück ins Scarlett schwer fiel. Das sie Jimmy anbettelte sie doch nicht mehr dazu zu zwingen dort zu Arbeiten doch, bei Ihm stieß sie nur auf taube Ohren. Er meinte, wenn Sie irgendwann einmal im Stande wäre Ihm eine Ablöse zu zahlen, könnte Sie gehen.
Bis dahin, wäre sie sein „ Eigentum."

Ich musste Fragen wie sie das meinte.

„Na ja, in den Kreisen bist du als Frau nichts weiter als ein Mittel zum Zweck. Dein Körper ist dein Kapital. Als „ Frau " bist du keinen Cent wert. Da Ich damals als „ Frischfleisch " gehandelt wurde, verdiente er viel Geld mit mir. Die Neun Monate die ich in der Klinik verbrachte, musste ich laut ihm erst mal wieder rein holen. Ich weiß was du grade denkst Melinda. Aber, wenn du keine Familie hast, keine andere bleibe, absolut alleine bist, wird dir irgendwann alles egal. Du findest dich mit der Situation ab und hoffst dass alles besser wird. Wartest auf den Tag wo ein Wunder geschieht oder das dich Jemand „ Frei kauft."
„ Ja aber, warum bist du nicht zu einer Organisation gegangen wie zum Beispiel, Donna Carmen e.V. um dir helfen zu lassen? Du hättest doch weg laufen können und ein neues Leben anfangen können. Warum bist du im Bordell geblieben?"

„ Melinda, weißt du wie es ist jemandem „ Hörig " zu sein?" Ich verneinte da ich mir so etwas nicht vorstellen konnte. Ich war, meiner Meinung nach, eine starke Frau die wusste was sie wollte und lies mich eigentlich nicht von meinem weg noch Zielen die ich mir gesteckt hatte, abbringen. Nein beim besten Willen konnte Ich es mir nicht vorstellen jemals einem anderen Menschen „ Hörig " zu sein. Aber, das war mein Leben. Ich hatte ein wirklich schönes und Glückliches Leben mit einer wundervollen Familie die hinter mir stand in allem was Ich jemals tat. Nicht so wie Sabrina.

„ Ich war Jimmy „ Hörig." Ich konnte gar nicht anders.
Trotz allem versuchte ich mich am Anfang zu drücken wo es nur ging. Den Freiern aus dem Weg zu gehen oder sagte das Ich bereits besetzt sei doch natürlich ging das nicht ohne das Jimmy davon Wind bekam."

Sabrina erzählte mir dass eines Abends einer der Freier sie bei Jimmy verpfiff und dieses der schlimmste Tag gewesen sei seit sie bei Jimmy war.

„ Melinda, damals dachte ich, ich hätte schon alles mit gemacht was ein Mensch an Qualen erleiden kann doch leider kann ein Mensch noch mehr ertragen. Nein, Jimmy schlug mich nicht! Im Gegenteil, er hätte niemals eines der Mädchen in dieser Weise weh getan. Er machte es auf Jimmys-Art!"

Ehrlich gesagt, wollte ich es nicht wissen. Mein ganzer Körper weigerte sich mit jeder Faser dagegen noch mehr über all diese Qualen zu hören doch, ich musste da ich die Biografie zu Ende bringen musste.

Vorsichtig fast ängstlich fragte ich Sabrina, „ Was meinst du damit?

Auf Jimmys Art? "

„ Er über lies mich Riccardo."

„ Jimmy nahm mich eines Abends mit in sein Büro wo Riccardo bereits auf uns gewartet hatte.

Keiner sprach ein Wort nur ein kurzes nicken beider und Jimmy verschwand.

Riccardo nahm mich mit in eins der Zimmer, schloss die Tür hinter mir und kam auf mich zu. Der erste schlag ging direkt ins Gesicht. Meine Lippe sprang auf und ich hatte den Geschmack von Blut im Mund. Ich fiel zu Boden. Wusste im ersten Moment nicht wie mir geschah doch das war erst der Anfang. Je mehr ich anfing zu weinen und zu betteln er solle doch bitte auf hören desto heftiger schlug er zu bis ich fast mein Bewusstsein verlor.

Erst als ich keine Kraft mehr hatte mich zu wehren, keine Träne mehr vergoss, lies er von mir ab. Schnappte mich an meinen Schultern und warf mich aufs Bett.

Danach war es einfach nur noch ein einziger Albtraum. Er Vergewaltigte mich und lies mich, als er fertig war, einfach dort liegen."

Sabrina nahm sich eine weitere Zigarette, steckte sie an und nahm einen tiefen Zug bevor sie weiter erzählte.

„ Ich weiß nicht wie und wann ich es schaffte dort aus dem Zimmer zu kommen aber, irgendwie schaffte ich es und ging direkt zur Wohnküche der Mädchen.

Es war zu diesem Zeitpunkt niemand da so konnte ich mich erstmals hin setzen und versuchen das geschehene zu verarbeiten. Ich fing wieder an zu weinen, fassungslos darüber was Jimmy mir angetan hatte. Jenny kam etwas später rein und schaute nach mir. Nahm mich in den Arm und fragte, "Riccardo? das wird schon wieder. Ich helfe dir." Mit helfen meinte sie das sie mir „Schmerzmittel" besorgen würde. Sie nahm ein Päckchen aus ihrer Handtasche, streute etwas auf einen Spiegel und fing an zu „ Hacken."

Der erste Zug brannte wie die Höhle aber die Wirkung ließ nicht lange auf sich warten und so fiel ich grade wieder zurück in den Teufelskreis der Drogen."

Sabrina erzählte mir dass sie nach diesem Tag nicht mehr sie selbst war. Sie fügte sich Jimmy lies einfach alles über sich ergehen und versuchte nur noch „Zu funktionieren".

Die Drogen halfen ihr diese schlimmen Jahre zu überstehen.

Doch, lange sollte es nicht mehr so sein.

Kapitel 8

Ein neues Leben

„ Es vergingen einige Jahre und ich konnte mir ein, ja sagen wir mal, „ Leben "
aufbauen mit dem ich einigermaßen zurechtkam. Freundschaften unter Uns Frauen
gab es nur wenige. Dafür war der macht Kampf um das scheiß Geld und die
Anerkennung Jimmys zu groß. Nur eine Freundschaft wurde richtig innig und das war
mit Jenny.
Sie wurde und ist bis heute wie eine Schwester für mich. Erst wollte ich fragen
weshalb Jenny diesen „ Beruf " nach ging doch das stand heute nicht zur Debatte.
Mich interessierte nur das was mit Sabrina zu tun hatte und so ließ Ich sie fort fahren
ohne etwas zu sagen.

„ An Jennys Geburtstag, " erzählte sie weiter, „ hatten wir beide frei. Das kam so
selten vor das Wir beschlossen diesen Tag gemeinsam zu verbringen und soweit wie
möglich weg zu gehen. Tage vorher hatten wir bereits Pläne geschmiedet. Einfach in
einen Zug setzen und so weit wie möglich weg.
Auch wenn es sich für dich jetzt unglaublich anhört, da wir Täglich 12 Stunden
Arbeiten, hatten wir nicht viel Geld. Wir bekommen nur einen Minimum von den
einnahmen. Wir haben Miete, Strom und Verpflegung an Jimmy abzugeben. Da bleibt
nicht mehr allzu viel übrig. Aber genug diesen Tag „ Frei " zu sein und wenigstens
einige Stunden mal alles hinter lassen zu können.
Wohin war uns damals völlig egal, nur weg von dem Bordell, weg von Jimmy, weg
von den Freiern. Einfach nur einen Tag lang eine „ Normale Frau " sein.
Ja und so stiegen wir in den ersten Zug der hielt, ohne wirklich zu wissen wohin wir
fuhren. Ein Ticket hatten wir nicht gezogen. Dachten wir legen es drauf an wenn der
Schaffner kommt um zu Kontrollieren. Natürlich hatten wir etwas angst aber, das war
uns damals völlig egal.
Irgendwann, nachdem wir ohne auf zu fallen bereits einige Zeitlang fuhren,
beschlossen wir an der nächsten Haltestelle aus zu steigen um das Schicksal nicht
noch mehr heraus zu Vordern.
Und so landeten wir in Fulda.
Es war anfangs nichts Welt bewegendes auf dem Bahnhof zu entdecken. Viele
Menschen die ein und aus stiegen. Paare die sich verabschiedeten oder auf
jemanden warteten. Alles in einem ein normaler Bahnhof eben. Wohin wir gehen
sollten oder was wir zuerst machen wollten wussten wir nicht. Also blieben wir erst
einmal neben den Gleisen stehen und rauchten eine Zigarette. Jenny fragte mich ob
Ich einen Kaffee möchte, ich nickte und so ließ Ich mich von Ihr an die Hand
nehmen und folgte ihr."
Kaffee? Ja denn könnte ich jetzt auch gebrauchen. Noch bevor Ich Sabrina darauf
ansprechen konnte, nahm sie mir die Worte aus dem Mund.
„ Drück mal auf Pause, Ich mach Uns erst mal einen frischen Kaffee."

Sabrina ging zur Küche und ich stand auf um mich etwas zu strecken. Einen Blick auf meine Armband Uhr verriet mir was ich insgeheim bereits wusste.
Es war spät geworden. „ Sabrina, musst du heute nicht mehr Arbeiten? Wir haben bereits 22 Uhr 39. Wann fängt deine Schicht an? " Da Ich keine Antwort erhielt ging ich zur Küche wo Sabrina an der Spüle lehnte und sich schnell eine Träne aus den Augen wischte.
„ Entschuldige, Ich wollte nicht unhöflich sein und dich in deiner Privatsphäre stören." Ich drehte mich um und wollte grade zurück ins Wohnzimmer gehen doch Sabrina hielt mich zurück.
„ Nein, nein, bleib hier. Das hat nichts mit Dir zu tun. Es ist nur, jetzt wo Ich das alles zum ersten Mal jemand erzähle, wühlt es mich etwas auf. Es ist nicht deine schuld. Es muss endlich ein Ende haben. Ich muss es endlich mal raus lassen. Zu lang behielt ich alles für mich und es Fraß mich innerlich auf. Ich weine aus Erleichterung ob du es glaubst oder nicht."

Ihr lächeln das sie versuchte auf zusetzten ging etwas daneben aber das war schon ok.
Ich verstand es auch so was sie damit sagen wollte.
Ich nahm sie in den Arm. Ich konnte gar nicht anders. Sie war, auch wenn Ich am Nachmittag noch andere Meinung war, trotz allem eine Frau. Ein Mensch wie du und Ich. Aus Fleisch und Blut und vor allem, ein Mensch mit Gefühlen.

Sabrina liest ihren Tränen freien Lauf. Den Kopf auf meiner Schulter, die arme um mich geschlungen standen wir nun in Ihrer Küche. Fast so als würde ich ein Kind trösten.
Ich musste mich schwer zusammen reisen sonst hätte ich mit geheult.

„ Sorry", Sabrina lies mich los und ging einen Schritt zurück, „ Ich wollte dein Shirt nicht voll heulen."
„ Hey, mach dir deswegen mal keine Gedanken. Wichtiger ist doch, wie es dir geht. Wollen wir lieber Morgen weiter machen mit dem Interview? Wir müssen es heute Nacht nicht durch ziehen wenn es Dir nicht gut geht."
Ich glaubte selbst gerade nicht was da über meine Lippen kam da Ich vor wenigen Stunden nicht mal hier her kommen wollte und nun das!
Aber komischerweise, fühlte ich mich in der Gegenwart von Sabrina sehr wohl, fast schon vertraut. Hatte aber auch unendliches Mitleid mit ihr und fühlte mich berufen etwas für sie tun zu müssen. Egal was, Ich wollte und musste Ihr helfen. Wie, darüber würde ich mir später Gedanken machen.
„ Nein, ist schon ok. Lass es uns heute beenden. Ich brauch nur noch eine Minute dann bin ich wieder ok."

Wir standen noch in Ihrer Küche als mein Blick auf ein Foto fiel das an Sabrinas Kühlschrank mit einem Herz-Magnet befestigt war. Sabrina folgte meinem Blick und sofort würde ihr Trauriger Blick etwas aufmunternd.

„ Darf Ich fragen wer das ist? "

Das Bild zeigte einen jungen Mann auf einer Wiese sitzend. Er hatte sein Lachendes Gesicht der Kamera zu Gewand. Sein rechtes Bein hatte er angewinkelt und seinen Arm locker darüber gelegt.

Ich konnte mich nicht richtig los reißen. Etwas an diesem Bild Faszinierte mich dermaßen das ich gar nicht bemerkte wie Sabrina mich anschaute und mir etwas sagte.

Was war es bloß?

Seine schwarzen Haare die er sehr kurz trug, war es sein Markantes, gebräuntes Gesicht das es voll zur Geltung brachte?

Seine mit Lachfalten umsäumten strahlend blauen Augen?

Seine breiten Schultern ?

Er kam mir so vertraut und Bekannt vor, wusste jedoch nicht woher.

„ Melinda? Hallo, noch anwesend? "

Ich hörte in weiter Ferne so etwas wie ein lachen. Dann rissen mich Sabrinas Worte aus meiner Trance.

„ Hallo? Melinda, alles ok?"

Ich wusste im ersten Moment nicht so recht wo ich war.

„Ähm, ja, alles ok. Ich war nur kurz in Gedanken vertieft. Tut mir leid."

„ Muss es nicht, ist schon ok. Du wolltest wissen wer dieser Junge Gutaussehender Mann ist der Locker ein Model sein könnte?" Sabrina lachte.

„Ja, würde Ich gerne wenn ich nicht zu persönlich damit werde."

„ Nein, wirst du nicht. Ich hätte es dir früher oder später sowieso gezeigt."

Doch bevor Sabrina mir sagen konnte wer dieser Mann war, klopfte es an Ihrer Wohnungstür.

„ Entschuldige kurz. Bin gleich wieder da. Nehme dir weil einen Kaffee."

Mit diesen Worten lies Sabrina mich erst mal stehen. Eigentlich war es mir in diesem Moment sogar recht. Somit hatte Ich etwas Zeit, mich mit dem Foto zu beschäftigen.

Mir lief es plötzlich Eiskalt und doch zu gleich Heiß den Rücken runter.

Ich weiß nicht wie oft ich diese weichen Zärtlichen Lippen sanft mit meinen Fingern und Mund berührten. Unzählige Male wachte Ich auf und musste feststellen,

Es war wieder einmal nur ein Traum!

Nun stand ich dort in der Küche einer Prostituierten und Sie hatte ein Bild meines „Traummannes"

an der Kühlschranktür!!

Was eine Ironie des Schicksals!

Kapitel 9

Der Traummann

Ich nahm Unsere Tassen und ging, etwas verwirrt darüber was gerade geschehen war, zurück ins Wohnzimmer. Sabrinas stimme war zu vernehmen. Sie sprach mit einer anderen Frau die aber nicht Jenny zu sein schien.

Ich brannte darauf zu erfahren wer „ Er " war. Warum er mir so vertraut war wo ich ihn doch gar nicht kannte. Mehr als alles andere wollte ich in diesem Moment Sabrina danach fragen doch, Ich musste meine Neugierde zügeln.

Es verging einige Zeit bevor Sabrina zurückkam. Wortlos nahm sie den fertigen Kaffee
und schenkte ihn in unsere Tassen.
Wir nahmen wieder Platz.
„ Das war Linda. Sie hat wind davon bekommen das Du hier bist und wollte wissen was Wir hier tun."
Ich fragte mich was es diese Person anging was Wir hier taten doch, im Moment schockte mich nichts mehr. In diesen „ Kreisen " schien so etwas üblich. Keiner tat etwas ohne dass es ein anderer mit bekam.
„ Keine Panik, Jimmy weiß Bescheid. Alles ist ok. *Sie* wollen nur keine „ Schnüffler " hier haben."

Sabrina lachte.

Ich nicht!

Schlagartig wurde mir wieder bewusst wo Ich eigentlich war und Angst machte sich in mir breit.

„ Melinda, keine Angst. Dir wird hier nichts passieren. Ich passe auf dich auf.“ Kunststück! Sich selbst beschützen konnte sie nicht aber auf mich aufpassen wollen. Ich nahm unauffällig mein Handy aus meiner Handtasche um im ernst fall die Polizei rufen zu können und legte es griff bereit neben mich auf das Sofa.

Kaum zurück fragte sie mich ohne umschweifen,
„ Du wolltest wissen wer *Er* ist? “ Sabrina lachte leicht schelmisch. Ich errötete leicht den ich wusste nicht was ich ihr jetzt darauf antworten sollte. Natürlich brande ich darauf mehr über ihn zu erfahren doch ich wollte nicht, dass Sabrina etwas von meinen Träumen erfuhr.

„ Ja schon aber nur wenn du mir nichts mehr anderes erzählen möchtest.“

„ Ich mach dir einen Vorschlag Melinda. Ich erzähle dir den Rest und du wirst erfahren woher Ich ihn kenne. Einverstanden?“

Was hätte ich jetzt antworten sollen außer, „ Ja natürlich. Erzähl erst mal weiter.“

Sabrina erzählte wie sie damals mit Jenny in die Stadt liefen. Ein *Café* sprach sie an und sie nahmen Platz davor.

Ein junger Mann kam auf sie zu und nahm ihre Bestellung entgegen.

„ Zwei Latte Macchiato und die Kuchen Karte Bitte.“ Der Kellner nahm es auf und ging.

Jedoch kurz vor der Eingangstür stoppte er und drehte sich noch einmal um und warf einen Blick auf die beide.

Sabrina erzählte weiter.

„ Natürlich entging dass Jenny nicht.“

Sie meinte,

„ Mein Gott, nicht mal hier hat man seine Ruhe vor den Gaffern. Hast du das gesehen wie der zu uns rüber geschaut hat?“

Sabrina verneinte den sie war zu beschäftigt mit geschlossenen Augen, das Gesicht der Sonne entgegen, die warmen Sonnenstrahlen auf ihrer Haut zu genießen.

Einige Minuten vergingen und sie waren sehr vertieft in ein Gespräch über einige „ Damen" im Scarlett, so bekamen die beide nicht mit das der Junge Kellner an ihren Tisch ran trat um ihnen Ihre Latte Macchiato und die gewünschte Kuchen Karte zu bringen. Jenny stockte plötzlich und lies ihn erst einmal alles abstellen. Musste ja nicht jeder mit bekommen woher sie kamen.

„ Der junge Mann übergab mir zuerst die Karte und ich bemerkte, dass er leicht zitterte. Ich schaute nach oben und blickte in wunderschöne Blaue Augen die mir, auch heute noch wenn ich an diesen Moment zurück denke, einen Schauer über den Rücken laufen lassen."

„ Als er keine Anstalten machte zu gehen dachte ich, Er wartet auf unsere Kuchen Bestellung und so nahm ich die Karte über flog alles und bestellte mir einen Hausgemachten Apfelstrudel. So einen hatte ich seit meiner Kindheit nicht mehr gegessen. Ich konnte mich noch daran erinnern, dass meine Mutter den immer gebacken hatte als Denis und ich noch klein waren."

„ Melinda, weißt du, es ist komisch aber wenn ich heute darüber nachdenke, ich hatte sogar den Geschmack von dem Apfelstrudel den meine Mutter immer machte im Mund. Dinge gibt es. Schon komisch oder?"

Was?

Ich war total vertieft in Gedanken bei dem jungen Mann am Kühlschrank.

Ach so.

„ Ja das ist als hätte man ein Déjà-vu. Geschmacklich halt gesehen."

Wir sahen uns an und mussten beide Lachen bis uns die Tränen den Wangen runter liefen.

„ Jenny hatte damals einen Erdbeere Kuchen mit einer riesen Portion Schlagsahne. Ich zog sie noch etwas auf weil, von nichts kommt nichts. Sie meinte aber nur, egal, ich habe es verdient."

„Ach Melinda, es war ein Wunderschoner Tag. Endlich mal die Seele baumeln lassen zu können und nichts als die ruhe und das schöne Wetter genießen. Es war einfach unbeschreiblich schön."

„Wir verbrachten einige Zeit im Café und tranken noch einige Latte bevor wir uns auf den Weg machen wollten. Jenny wollte noch ein paar Dinge Kaufen bevor wir wieder zurück mussten also rief sie den Kellner bei."

„Hey Luigi, wir wollen zahlen."

Sabrina lachte.

„Warum nannte sie ihn Luigi?"

„Naja, wir wussten seinen Namen nicht und bei ihr heißen alle Männer die sie namentlich nicht kennt, automatisch Luigi. Eine Marotte von ihr."

„ Der junge Mann kam etwas verdutzt drein schauend rüber zu uns und meinte nur, „Meinten sie mich junge Dame?"

„Das kam so unerwartet raus, dass wir alle drei so heftig lachen mussten und uns kaum noch ein bekamen."

„Langsam lies der Lachanfall nach und Jenny entschuldigte sich bei ihm. „Hi, ich bin Jenny und dies ist meine Freundin Ang…… Angela."

„Jenny verkniff sich meinen Künstler Namen zu nennen. Gott sei Dank! Musste nicht jeder wissen was wir waren."

„Er reichte uns die Hand und meinte, Hallo, ich bin DJ."

DJ?

„Für was stand DJ?" Warum ich das fragte? Ich weiß es nicht mehr. Hätte mir ja egal sein können doch meine neugierte war größer. Vielleicht wusste es Sabrina ja gar nicht. Zu spät, ich hatte gefragt.

Sabrina sah mich jetzt an. Kein Wort kam über ihre Lippen. Sie sah's dort in ihrem Sessel und schaute mich an. Als würde sie in mich hineinschauen wollen. Tief in meine Seele hinein.

Plötzlich bewegte sich ihr Mund.

Ein flüstern.

Ich verstand nichts.

Ich fragte.

„DJ steht für Denis James."

Kapitel 10

Sabrinas Bruder

Ein eiskalter Schauer lief mir über den Rücken. *Denis James*. Sie meinte doch nicht etwa …. Der Gedanke war schon etwas absurd und doch zu gleich schien er der einzig richtige zu sein.

„Im ersten Moment erschrak ich da ich dachte, dass kann jetzt nicht wahr sein. Steht hier mein Bruder vor mir. Wir schauten uns lange und intensiv an. Etwas zu lange für Jennys Geschmack den plötzlich meinte sie, mein Gott, bekommst du nicht schon genug Aufmerksamkeit von allen. Sie dachte wahrscheinlich ich würde mich gerade in diesen Hübschen Jungen Type „Verschauen". Sie konnte ja nicht ahnen, was wirklich in mir vorging „.

Einige Sekunden vergingen bevor Sabrina weiter erzählte. Ich brannte darauf zu erfahren ob es nun wirklich ihr verschollener Bruder war oder nur der absolute Zufall einen Mann kennen zu lernen der genauso hieß wie ihr Bruder.

„Ich getraute mich damals nicht gleich mit der Tür ins Haus zu fallen. Also verkniff ich mir die fragen. Aber ich bemerkte, auch er war etwas unschlüssig und hatte fragen die er nicht stellte. Es war einerseits wie ein Traum. Ein wunderschöner Traum. Doch auch zu gleich wie ein Alptraum. Ich hatte Angst vor der Wahrheit. Was wenn es nur ein riesen Irrtum war?

Ironie des Schicksals"?

Ich machte nur, Mihm. Was anderes fiel mir im Moment nicht dazu ein. Nicht sehr sprachgewandt für eine Journalistin ich weiß.

Sabrina lies mich schmorren. Sie stand auf um mehr Kaffee zu holen und eine Zigarette zu rauchen. Genau das richtige um meine Nerven zu beruhigen. Noch mehr Kaffee! Egal, ich war sowie so mittlerweile ein total nervöses Frack. Also , rein damit.

Wir standen am offenen Fenster. Die frische kühle Luft tat so gut. Sabrina lies ihren Gedanken freien Lauf. Sie schien Meilen weit weg zu sein. Ich bedrängte sie nicht. Lies sie einfach ein paar Minuten in Ruhe. Wenn sie so weit war, würde sie mir erzählen wie es damals weiter ging.

Ich beobachtete sie ein wenig. Sie schien in diesem Moment so glücklich. Ein kleines Lächeln umschmeichelte ihren Mund. Sie war wirklich sehr hübsch. trotzdem schien sie so zerbrechlich und traurig. Zu diesem Zeitpunkt wusste ich ja noch nicht was sie mir später an diesem Abend noch erzählen würde. Etwas, dass ich bis heute noch nicht richtig verdaut habe und mich bis heute noch tief traurig macht. Aber, dazu später mehr.

„Melinda, wie hättest du damals reagiert? Hättest du ihn gefragt? Wie hättest du dieses Gespräch begonnen? Was hättest du gefragt"?

Da ich noch nie in solch einer Situation war, konnte ich das nicht beantworten.

„Sabrina, ich weiß es nicht. Ich war noch nie in so einer Situation. Vielleicht hätte ich ihn gefragt wo er her kommt oder irgendetwas Belangloses. Nur um ein Gespräch zu starten. Warum? Was hast du getan"?

„Ich stand auf, bezahlte und ging".

Kapitel 11

Der Kassenbon

„Nachdem Jenny sich noch einige Dinge kaufte ging es zurück. Sie bemerkte, dass etwas nicht stimmte aber sie wusste auch das ich im Moment nicht reden wollte. Die Zug Fahrt zurück nach Frankfurt schwiegen wir beide. Du kannst dir gar nicht vorstellen was mir damals alles durch den Kopf ging. Tausend Gedanken überschlugen sich. Einerseits wollte ich zurück und ihn direkt darauf ansprechen andererseits hatte ich solche angst ich würde mir das alles nur einbilden und wollte nicht noch mehr schmerz ertragen müssen wenn es doch nur ein Wunsch Gedanke von mir war. Ich war so durcheinander. Ich kann dir gar nicht richtig erklären wie ich mich in jenen Moment gefühlt habe".

„Ist schon ok. Wie ging es weiter". Was hätte ich sonst sagen sollen?

„Naja, als wir im Scarlett ankamen war es recht spät. Mir blieb keine Zeit mir weiter den Kopf zu zerbrechen. Ich musste mich für die *Arbeit* fertig machen".

Unglaublich, ich weiß wirklich nicht wie ich mit dieser Situation umgegangen wäre aber, ich glaube so schnell hätte ich nicht aufgegeben. Vielleicht lag das aber auch daran das man als Journalist immer weiter bohrt und erst auf gibt wen man der Meinung war, jetzt habe ich alle antworten auf meine fragen.

„Ein paar Tage später kam es das Jenny und ich zur gleichen Zeit, Zeit hatten uns etwas zu essen zu machen. Wir trafen uns in der Küche und zum Glück war niemand außer uns dort. Für Jenny war, dachte ich zumindest, das Thema mit DJ vorbei. Wir sprachen auch nicht über privates wenn wir bei der Arbeit waren. Es traf mich also umso mehr als sie mich darauf ansprach".

„Du Angel sag mal, was war das letzte Woche mit dir und diesem type DJ? Hast du nicht die Nase voll von all den Spinnern hier? Musst du dir auch noch da draußen einen anlachen"?

„Jenny du verstehst das falsch. Ich wollte mir keinen typen anlachen. Ich glaube, ja Ich glaube ich habe meinen Bruder wiedergesehen". „Willst du mich auf dem Arm nehmen? Wie groß ist die Wahrscheinlichkeit das dein Zwillings Bruder, der vor etlichen Jahren adoptiert wurde und in die USA ausgewandert ist, gerade in einem Café auftaucht in dem Du und ich eine Latte trinken. Komm schon Angel, ich weiß es tut weh und du vermisst deine Familie aber bleib realistisch bitte".

„Es tat unendlich weh was Jenny damals sagte aber, irgendwo hatte sie ja Recht".

„Angel, ich will dir nicht wehtun nur, man, was ist wenn du dich da in etwas verrennst das nicht so ist wie es scheint. Der type hätte dich wahrscheinlich für bekloppt gehalten wenn du ihn das gesagt hättest. Für ihn bist du nur ein Hübsches Gesicht. Ein Mädchen das er angebaggert hätte wenn wir geblieben wären".

„Nein Jenny. Da war etwas in seinen Augen. Ich weiß da war etwas anderes. Ich bin mir hundertprozentig sicher er hat auch etwas gespürt".

„Angel, du bist schon so lange hier das du den unterschied nicht mehr kennst. Klar war da was in seinen Augen. So etwas nennt man auch *Geilheit*. Müsstest du doch am besten wissen oder bist du betriebsblind"?

„Ich ließ es. Es brachte mich nicht weiter mit Jenny darüber zu diskutieren sie wollte oder konnte mich nicht verstehen. Es tat so weh. Dem einzigen Menschen dem ich noch vertraute, lies mich hängen".

„Angel, du bist meine beste und einzige Freundin. Ich kann dich nicht so leiden sehen. Weißt du was, ich habe da etwas für dich. Wir treffen uns heute Abend bei mir. Sagen wir um 21 Uhr? Wir sagen Jimmy wir müssen uns *Frisch* machen. Hätten *Frauenprobleme* oder so. Was weiß der wann wir *dran* sind also haben wir ein paar Minuten ok"?

„Ich nahm ihr Angebot natürlich an auch wenn ich nicht wusste was sie für mich hat und wie sie mir helfen wollte aber naja. Ich musste wohl oder übel warten bis 21 Uhr".

Apropos Uhr, es war kurz vor 22 Uhr. Wie lange ich hier noch sitzen würde wusste ich nicht. Im Moment war es mir aber auch egal. Mittlerweile war ich doch gefesselt von der Lebensgeschichte und war sehr ungeduldig wie es weiter gehen würde.

„ Ich kam etwa 5 Minuten zu spät da ich noch einen Freier abfertigen musste".

Abfertigen. Ein Wort das ich nie benutz hätte. Hier schien er gang und gebe zu sein.

„Man Angel, ich warte schon eine Ewigkeit auf dich. Jimmy wird ausflippen wenn wir zu lange brauchen Mach das du rein kommst. Hier, nehme und alles andere besprechen wir nach der Arbeit nochmal ok? Bis später".

„Sie gab mir ein Stück Papier und verschwanden. Total verdutzt schaute ich mir den Kassenbon an. Ganz ehrlich? Ich hatte keinen Plan was ich damit anfangen sollte. Also legte ich ihn ohne großartig darauf zu achten, auf Jennys Küchentisch und ging zurück zur Arbeit".

„Jenny beschäftigte sich gerade mit einem Freien also konnte ich sie nicht fragen was ich mit dem Kassenbon anfangen sollte. Ich musste warten bis sie zurückkam. Hoffte ich wäre nicht besetzt wenn sie zurückkommt. Als Walter, ein stammfreier von mir auf mich zu kam wusste ich, das wird nichts mit der Unterhaltung mit Jenny.

Walter blieb immer einige Stunden. Whirlpool war angesagt und ich dachte nur, scheiße, ausgerechnet jetzt. Mir blieb aber nichts anderes übrig also, fügte ich mich meinem Schicksal".

„Später trafen wir uns an der Bar und Jenny fragte mich",

„Und hast du es dir angesehen? Was sagst du?"

„Was soll ich dazu sagen Jenny? Es ist ein Kassenbon"?!

„Mein Gott bist du begriff stutzig. Da steht die Telefonnummer von dem Café drauf indem DJ arbeitet"!

„Oh, nein das hab ich nicht gesehen. Ich wusste ja nicht was du damit bezwecken wolltest. Dachte es sei nur ein Kassenbon...."

Pause

Warum machte Sabrina jetzt, ausgerechnet jetzt eine Pause?

Ihr musste mein fragendes Gesicht bemerkt haben den sie fing an zu lachen.

„Warum lachst du"?

„Ich weiß was du denkst, warum ich nicht weiter erzähle".

„Mhm, ja so könnte man das sagen. Hat es einen bestimmten Grund weshalb du nicht weiter redest"?

„Nein, eigentlich nicht. Wollte nur deine Reaktion sehen".

Sie lachte erneut. Ich schloss mich ihr an.

„Und, hast du ihn angerufen"? Ich brannte auf ihre Antwort.

„Nein".

Was? Jetzt verstand ich Garnichts mehr. Das war es doch was sie wollte. Sie hätte ihn anrufen können und einfach fragen können.

„Nein, ich nicht aber Jenny rief ihn am nächsten Morgen an".

Ok, ich dachte schon.

„Wir standen extra früher auf nur um telefonieren zu können. Normalerweise schlafen wir bis kurz vor Arbeitsbeginn. Die Nächte können sehr lang werden weißt du".

Nein ich wusste es nicht. Konnte es mir aber mittlerweile denken. Wo andere tot in ihr Bett fallen, werden diese Damen wach und ihr Arbeitstag beginnt.

„Jenny fackelte nicht lange rum. Rief im Café an und fragte nach DJ. Als er dran war fragte sie ihn ob er sich noch an uns erinnern könnte. Dann sagte sie, „Meine Freundin Angela würde dich gerne wiedersehen. Hast du Lust Sie wiederzusehen".

„Was genau er antwortete weiß ich heute nicht mehr. Ich war total geschockt. Mein Herz rutschte mir in den Bauch. Ich weiß nur noch das sie ihm beschrieb wie er zu meinem Apartment im Sugar Shake kam und legte auf".

„Zu mir sagte sie, DJ ist in zwei Stunden da. Bleib du hier oben. Ich sag Jimmy du hast zu starke Krämpfe und würdest später kommen wenn die Medikamente wirken würden".

„Hierher? Aber warum ausgerechnet hier zu uns? Dann weiß er gleich was los ist. Ach Jenny….".

„Angel, reis dich zusammen, wenn es wirklich dein Bruder ist, hätte er es früher oder später eh raus bekommen und wenn er nicht dein Bruder ist, weiß er zumindest gleich was Sache ist und er lässt dich in Ruhe".

Kapitel 12

Das Wiedersehen

„Melinda, ich schwöre dir ich war in meinem ganzem leben noch nie so aufgeregt und nervöse wie in diesen zwei Stunden die ich warten musste. Eine nach der anderen rauchte ich. Für mich schien die Zeit still zu stehen. Ich stand am Fenster und schaute die Straße rauf und runter. Ich wusste ja nicht ob er zu Fuß oder mit einem Auto kam. Für mich schien es damals als würde der Zeiger meiner Uhr rückwärts laufen. Um mich dann ein wenig abzulenken fing ich an meine Wohnung aufzuräumen. Klappte natürlich nicht! Ich legte einfach nur Dinge von einem Platz zum anderen. Ich war ein Nervenbündel, glaub mir. Ich stand kurz vor einem Herzinfarkt".

Obwohl es nicht wirklich zum Lachen war mussten wir beide kurz lachen.

„Als ich den Kaffee fertig gekocht, den Tisch gedeckt und ein paar Dinge entfernt hatte, die DJ nicht unbedingt sehen musste, schaute ich wieder auf meine Uhr und stellte fest das es bereits zehn Minuten über der aus gemachten Zeit war. Also ging ich wieder zum Fenster und schaute die Straße rauf und runter. Kein DJ in Sicht. Mein Herz tat mir plötzlich so weh und ich dachte, er würde nicht mehr kommen. Vielleicht hatte ich mir wirklich nur was zusammen gesponnen und als er erfuhr wo ich wohnte, man kann sich ja auch im Internet schlau machen, wusste er was ich war und das wollte er sich nicht antun".

Sabrina tat mir leid. Was musste das für ein schmerz der Enttäuschung gewesen sein.

„Traurig aber irgendwie gefasst, ich wollte es einfach nicht wahr haben, fing ich an mich fertig zu machen. Legte etwas Make-Up auf und holte meine Arbeitskleidung um mich um zu ziehen. Langsam fing ich an mich aus zu ziehen. Wollte mich nicht beeilen.

Wollte nicht arbeiten.

Nicht jetzt. Nicht heute!

Ich setzte mich auf den Rand meiner Badewanne und fing an zu weinen. Jenny hatte Recht. Sie hat immer Recht! Ich hatte mich da in etwas verrannt. Es war nicht mein Bruder. Es war nur ein fremder der mir schöne Augen machen wollte".

„Ich weiß nicht wie lange ich dort sah´s und heulte. Ich wurde nur durch das scheiß klingeln meines Telefons raus gerissen. Ich wischte mir meine Tränen ab und ging mit dem Gedanken, es kann ja nur Jimmy sein um zu fragen wo ich bleibe, dran.

Es war Jenny die sich nur nach „Uns" erkundigen wollte. Als ich ihr erzählte dass er nicht kam, ich aber auch nicht arbeiten könne unter diesen Umständen, sagte sie ich solle mir kein Kopf machen. Jimmy hätte mir den Abend sowieso frei gegeben da ich *meine Tage* hätte.

Ich dankte ihr und legte auf.

Ich ging zurück in mein Bad ließ die Wanne vollaufen, zündete ein paar Kerzen an, schaltete die Stereo Anlage an und ließ eine kuschelrock cd laufen".

Ich weiß was sich jetzt jeder meiner Leser fragt. WIE GING ES WEITER??

Nun ja, ich war da nicht viel anders also, „Was ist dann passiert Sabrina? Hast du nochmal was von ihm gehört"?

„Ja".

Weiter kam nichts.

„Wie ja? Erzählst du es mir"?

Jetzt war ich ein totales Nervenbündel! Immerhin wollte ich meine Neugierde jetzt auch befriedigen.

„Ja, habe ich".

Sabrina lachte.

Mein Gott ich platzte bald vor neugierte. Warum macht sie es nur so spanend? Wollte sie mich ärgern?

„Ich lag in meiner Wanne und heulte wie ein schloss Hund als es an meiner Wohnungstür klopfte. Erst reagierte ich nicht. Dachte es kann nur Jenny oder einer der anderen Weiber sein oder schlimmstenfalls Jimmy der Schauen wollte ob ich wirklich Krämpfe hatte wie Jenny es ihm sagte.

Als es erneut klopfte, stieg ich genervt aus der Wanne, warf mir meinen Bademantel über und ging zur Tür. Mir war es egal ob mein Make-up verschmiert war oder ob ich verheulte Augen hatte. Zumindest würde, falls es Jimmy war, er denken ich hätte wirklich starke Schmerzen".

„Melinda, als ich damals die Tür aufriss und gerade schreien wollte, wer nervt mich, blieb mir fast mein Herz stehen.

DJ stand vor mir.

Mit einem riesigen rosa Rosen Strauß".

Kapitel 13

Die Wahrheit

Oh mein Gott!

Stand sie wirklich ihrem Bruder gegenüber oder war er wirklich nur ein fremder der sich in das Mädchen aus dem Café verguckte?

Sabrina erzählte weiter.

„Melinda, er sah mich an, lies die Blumen fallen, flüsterte meinen Namen, Sabrina, dann nahm er mich in den Arm und wir beide fingen an zu weinen.

Es war mein Bruder!

Mein Bruder, Denis James"!

Sie fing bei diesen Worten an zu weinen. Auch ich hatte plötzlich Tränen in den Augen.

Nach so vielen Jahren,

so ein Schicksal und dann so ein Zufall!

Wie viele Engel mussten zu dieser Zeit über ihnen gewacht haben?

Es war eine Geschichte fast zu schön um wirklich wahr zu sein.

Es dauerte eine Weile bis, ja auch ich, uns wieder beruhigten.

Es war sehr emotionalen Momente die ich mein Leben lang nicht mehr vergessen werde.

„Erst standen wir nur fest umschlungen da.

Weinten.

Keiner sagte auch nur ein Wort.

Dann schaute DJ mir in die Augen und sagte, „Ich wusste es von der ersten Sekunde an als ich dich sah. Du bist meine Schwester!

Meine Schwester die ich glaubte für immer verloren zu haben".

Sabrina erzählte mir dass sie beide die ganze Nacht hindurch über alles redeten. Wie es damals kam das nur Denis adoptiert wurde, wie er immer auf der Suche nach ihr war. Zu wissen dass ein Teil von ihm nicht bei ihm war ließ ihn fast verrückt werden.

Die Jahre vergingen aber nicht einen Tag ohne dass er an sie denken musste und auch seine Adoptiveltern ihm halfen sie zu suchen.

Wie er auf wuchs, wo er zur Schule ging, was aus ihren leiblichen Mutter geworden ist.

Um es kurz zu machen,

es war damals gang und gebe das man auch Zwillings paare trennte um eine größer Chance auf Vermittlung zu bekommen. Das Paar das Denis damals zu sich holte erfuhr erst Jahre später von seiner Zwillings Schwester. Zwar wussten sie das er noch eine Schwester hatte jedoch wurde ihnen gesagt sie sei schon in einer anderen Familie. Als sie Sabrina zu sich holen wollten, gab es keinerlei Auskünfte mehr beziehungsweise hieß es, sie sei unbekannt verzogen.

Ihre Leibliche Mutter, die damals in eine Suchtklinik kam, nahm sich vor einigen Jahren das leben.

Zu wissen dass ihre geliebten Kinder weg sind und ihr Mann ums Leben kam, raubte ihr komplett den Verstand und sie erhängte sich in ihrem Zimmer an einem Gürtel.

Denis hatte eine wunderschöne Kindheit.

Nicht so verkorkst wie seine Schwester.

Vor etwa zwei Jahren kam er aus der USA um hier ein Heim für Waisen und misshandelte Kinder zu leiten.

In dem Café, indem Sabrina ihren Bruder das erste Mal wiedersah, half er ab und an seinem bekannten aus.

Denis wohnte nur einige Kilometer von Sabrina entfernt, wo er auch das heim leitete.

Natürlich wusste er was Sabrina, oder besser gesagt, als *was* Sabrina, arbeitete. Er wollte sie dort raus holen, zu sich. Sie solle mit ihm die Heim Leitung übernehmen. Zusammen.

Nie wieder getrennte Wege gehen.

Doch Sabrina konnte zu dieser Zeit nicht gehen.

Sie brauchte zeit es Jimmy bei zu bringen und bat um Verständnis seiner Seite.

Natürlich war es Jimmy egal. Er sah sie nur als Kapital. Freiwillig ließ er sie nicht gehen.

Diese Information ließ sie ihren Bruder aber vorerst nicht wissen.

Sie wollte nur die gemeinsame Zeit mit ihm Genießen und all die verlorenen Jahre nachholen.

Das Geschwister paar blieb in Kontakt. Jede noch so kleine freie Minute besuchte Sabrina ihren Bruder und lebte förmlich auf.

„Melinda, es war als würde endlich mein Traum in Erfüllung gehen. All die Jahre hatte ich gehofft und gebetet für diese Momente. Ich hatte meinen Bruder wieder und alles schien so perfekt zu sein. Ich hatte sogar die Möglichkeit, Jimmy ein Angebot zu machen um mich gehen zu lassen. Denis wollte mir helfen mich „Frei zu kaufen" Seine Eltern waren sehr wohlhabend und er hatte genug Geld um nicht einmal darüber nach zu denken.

Doch, wie sollte es auch anders sein, dass Schicksal meint es nicht gut mit mir".

„Was meinst du Sabrina. Warum meinte es das Schicksal nicht gut mit dir? Es scheint doch alles wunderbar zu sein nachdem was du mir bis jetzt erzählt hast".

„Richtig! Bis jetzt"!

Kapitel 14

Der Arztbesuch

„Eines Tages bekam ich sehr starke Unterleib schmerzen und ging zum Arzt.

Leider bekam Ich eine sehr schreckliche Nachricht".

„ Es tut mir leid ihnen das mitteilen zu müssen aber in diesen Umständen sehe ich keine Hoffnung mehr. Auch eine Chemotherapie beziehungsweise eine Bestrahlung würde in ihrem Fall nichts mehr bewirken. Der Krebs ist zu vorgeschritten um ihn noch aufhalten zu können".

„Ich habe Endometriumkarzinom! Gebärmutterkrebs".

Ich erschrak!

Das war es also warum sie anfangs sagte,

sie würde sterben!

„Oh mein Gott, Sabrina, es tut mir so furchtbar leid".

Was anderes konnte ich zu diesem Zeitpunkt einfach nicht sagen.

Ich wollte sie in den Arm nehmen und trösten doch sie winkte ab und meinte nur es wäre schon ok. Sie hätte sich mit ihrem Schicksal abgefunden.

Alles was sie jetzt noch wollte ist die Zeit die ihr noch blieb, mit den Kindern aus dem Heim und ihrem Bruder verbringen.

Heute Abend ist ihr letzter offizieller Arbeitstag hier im Bordell und sie wollte unbedingt diese Geschichte schreiben lassen bevor sie von uns gehen würde.

„Weißt du Meli, den Erlös den ich für die verkauften Bücher bekommen würde, möchte ich dem heim zu kommen lassen. Denis kann jede noch so kleinste Unterstützung gebrauchen".

Ich versprach ihr, im Fall das sie nicht mehr unter uns sei, mich darum zu kümmern dass er das Geld von den verkauften Büchern bekam.

Der Abend wurde noch recht lange. Wir unterhielten uns noch etliche stunden über ihren Bruder, die Kinder, das Heim und was Sabrina bereits alles mit ihrem Bruder erlebt hatte.

Worüber sie es aber vermied zu reden, war ihre Krankheit und ihren bevorstehenden tot.

Ich war froh das wir das Thema nicht weiter vertieften den, mal ganz ehrlich, wie soll man in so einer Situation dem gegen über reagieren?

Als ich spät an diesem Abend die Haustür hinter mir zu zog, holte ich erst einmal tief Luft.

Ich weiß nicht was ich gemacht hätte wenn ich all dieses vorher gewusst hätte. Wäre ich wirklich hierhergekommen um das Interview zu machen?

Ich glaube nicht.

Trotzdem war ich jetzt froh das ich, trotz meiner angst die ich zu vor hatte, diesen Schritt gewagt habe.

Ja ich war jetzt felsenfest davon überzeugt, dieses Buch werde ich schreiben. Ich werde mein Bestes geben und hoffen dass ich im Namen Sabrinas viele Bücher verkaufen werde.

Schnell rief ich noch einmal meinen Chef an, berichtete ihm kurz das ich das Interview gemacht hätte und gleich am nächsten Tag mit dem schreiben anfangen wollte. Erschöpft und trotzdem aufgewühlt legte ich mich in dieser Nacht in mein Bett.

Doch, schlafen konnte ich lange nicht.

Kapitel 15

Der Abschied

Ein paar Tage nachdem ich das Interview mit Sabrina fertig hatte, erreichte mich die Nachricht.

Das Telefon in meinem Büro klingelte als ich gerade die Letzen paar Zeilen zu Sabrinas Buch schrieb.

„Melinda van Düd am Apparat, ja bitte".

„Melinda, hallo, hier spricht Denis, der Bruder von Sabrina".

Seine Stimme war so sanft das ich fast hin weg schmolz.

Ich räusperte kurz, " oh hallo, schön sie endlich auch mal zu sprechen nachdem was ihre Schwester mir schon alles über sie erzählt hat".

„Ich hoffe doch nur gutes".

Ein etwas Gequältes lachen kam über seine Lippen und ich spürte sofort, etwas stimmte nicht.

„Ähm, ja, nur Gutes. Aber, ich glaube sie möchten mir etwas sagen".

„Ja, ich muss ihnen etwas mitteilen. Es fällt mir nicht leicht. Vieleicht ist es auch nicht in ihrem Interesse. Ich meine, sie kannten meine Schwester ja kaum".

In meinem Interesse?

Kannten?

Oh mein Gott.

Ein eiskalter Schauer lief mir den Rücken runter.

„Denis, wollen sie mir sagen das…"

„ Ja, heute Nacht ist meine Schwester in meinen armen eingeschlafen".

Natürlich ging es mir sehr nahe auch wenn Ich mit Sabrina nur einen Abend verbrachte.

Am selben Tag noch verabredeten Denis und ich uns in einem Café am Rande der Stadt.

Tiefe Trauer stand in seinem Gesicht und man sah ihm an das er sehr geweint haben muss.

Er tat mir unendlich leid.

Ich hatte Sabrina zwar nur einen Abend kennenlernen dürfen, aber irgendwie war sie mir sehr ans Herz gewachsen und es tat mir auch weh.

Sabrina starb viel zu früh!

Nach allem was sie durch gemacht hat. Und nun ist sie nicht mehr da.

Denis und Ich sprachen über die bevorstehende Trauerfeier und er bat mich daran teil zu nehmen. Auch weil sie keine Familie mehr hatten und er sonst keinen ihrer Freunde kannte. Ich sagte lieber nicht dass Sabrina keine wirklichen Freunde hatte. Aber ich würde versuchen Jenny mit zu nehmen. Sie schien die ein zigste zu sein die für Sabrina da war.

Nach unserem Treffen fuhr ich zu Scarlett und lies Jimmy holen.

Verdutzt mich zu sehen fragte er nur was ich wollte. Kurz erklärt fragte ich dann ob ich Jenny zur Beerdigung mitnehmen könne? Er zögerte etwas doch dann sah ich etwas in seinen Augen dass ich nicht für möglich gehalten hätte.

Jimmy hatte Tränen in den Augen!

Seine harten Gesichtszüge wurden plötzlich ganz weich und seine Worte die er damals sagte, brannten sich in mein Gedächtnis ein für immer.

„Weißt du Melinda, Ich habe Angel wirklich geliebt".

Klar, deshalb warst du auch so ein Arschloch zu ihr aber das sagte ich ihm natürlich nicht.

Ich sagte Garnichts.

Ich dachte mir nur meinen teil.

Trotzdem werde ich diese Worte niemals vergessen.

Jimmy der abgekochte Bordell Chef, liebte eine Prostituierte!

Drei Tage später war Sabrinas Beerdigung.

Alle Kinder sowie die gesamte Heimleitung, Sabrinas Bruder, Jenny, ja sogar Linda und zwei weitere Frauen aus dem Bordell kamen um von Sabrina Abschied zu nehmen.

Es war eine sehr bewegende Trauerrede die der Pfarrer hielt.

Ich beobachtete Denis wie er versuchte tapfer vor ihrem weißen sarg, der übersät mit vielen wunderschönen rosa, roten und weißen Rosen war, stand und versuchte die Fassung zu behalten.

Hinter mir konnte Jenny nicht mehr aufhören zu weinen. Sie sagte immer wieder das Wort, Warum!

Als der Pfarrer aufhörte zu reden, liefen alle Kinder aus dem heim nach vorne, machten einen Halbkreis um den Sarg und begannen das Lied,

„Angel"

von

Sarah Mc lachlan

zu singen.

Da brachen nicht nur bei mir alle Dämme sondern jeder der anwesend war weinte aus vollen Zügen.

Kapitel 16

Das Buch

Es ist auf den Tag genau ein Jahr her das Ich das Interview mit Sabrina machte.

Bis heute kaue ich an dieser Geschichte rum.

Es hatte mich doch mehr mitgenommen als ich zuerst zu geben wollte.

Aber auch viele gute Dinge sind in diesem einem Jahr passiert.

Einige Wochen nach dem ich Sabrinas Buch veröffentlicht hatte, stand es auf der Best Seller liste auf Platz eins!

Und das, Monate lang.

Der Druck kam fast nicht mehr hinter her und es gab Vorbestellungen ohne Ende.

Das eingenommen Geld aus dem Bücherverkauf wurde, wie versprochen an das Waisen Heim weiter geleitet.

So kam es das Denis und ich uns näher kamen und was soll ich sagen, heute schreibe ich nicht mehr sondern helfe Denis bei seinem neusten Projekt.

Wir haben einen Zufluchtsort für Prostituierten erschaffen, wo Frauen wie Angel eine Anlaufstelle haben wenn sie aus diesem Milieu austeigen wollen.

Auch meinen Bonus den ich damals bekam, stiftete ich diesem neuen Projekt.

Ich dachte mir, hier ist er besser zu gebrauchen als ein neues Auto.

Das Haus indem sie Unterschlupf so wie Hilfe bekommen haben wir,

„Angels Landing"

Getauft.

Zum Andenken seiner geliebten Schwester.

Jede Woche besuche ich Sabrina an ihrem Grab.

Liebevoll lies Denis den Weisen Marmor Stein mit den Worten,

„An Angel lost his wings"

Sabrina my Angel

You will always be loved and never forget

+2009

Beschriften.

Ich stehe vor ihrem Grab, streichele leicht über den kühlen Marmor Stein und flüstere,

„Es tut mir so leid".

„Ruhe in Frieden Angel".

Ich lege zum Abschied, so wie jede Woche, einen Strauß

Ihrer Lieblingsblumen,

Rosa Rosen,

Auf ihr Grab und gehe.

Dieses Buch widme ich einem ganz besonderen Menschen....

„ANGEL"

+ 2009

Möge sie endlich ihren Frieden gefunden haben...